與火神搏鬥

35年消防生涯事件簿

陳國強 著

萬里機構

前言

　　消防員，一種市民既熟悉又陌生的職業。許多人對消防員的印象，無非來自新聞直播災禍現場時的幾幀畫面，或是新聞報道員的寥寥數語；對於消防員實際上的工作情況，往往無從得知。近些年來不少電影或電視劇以消防員為題材，箇中情節固然驚險刺激，但終究純屬虛構。現實中的災禍現場，驚險程度只有過之，而無不及。

　　擔任消防員絕非易事，從穿上消防制服的那一刻起，便需肩負起保障市民生命及財產的重責。從 1980 年到 2015 年，我已肩負這份重責走過了三十五個年頭。儘管路途歷盡艱辛，多次踏步生死邊緣，但此刻回望，仍是無怨無悔。這些血汗交織的消防回憶和各種刻骨銘心的救援行動，我在此書中以文字一一記下，並非為了炫耀張狂，而是希望讓更多人明白生命的可貴，以及身為消防員的辛酸苦楚。

　　至於那些將來打算投身消防的年輕人，希望你們能
夠擁有充足的體能，以及一顆貢獻社會的心，肩負起消
防員的責任，成為一名與火神搏鬥的勇士。但願我的故
事、我的信念、我的堅定，能夠為你們帶來一點啟示。

陳國強

目錄

前傳

第一章
當上消防員

第二章
消防事件簿

第三章
消防冷知識

第四章
消防迷思 Q&A

後記

十三歲踏入社會

由汽車維修學徒到酒樓點心師傅

從沒想過成為消防員的我

因朋友之間的一個玩笑

而當上消防員

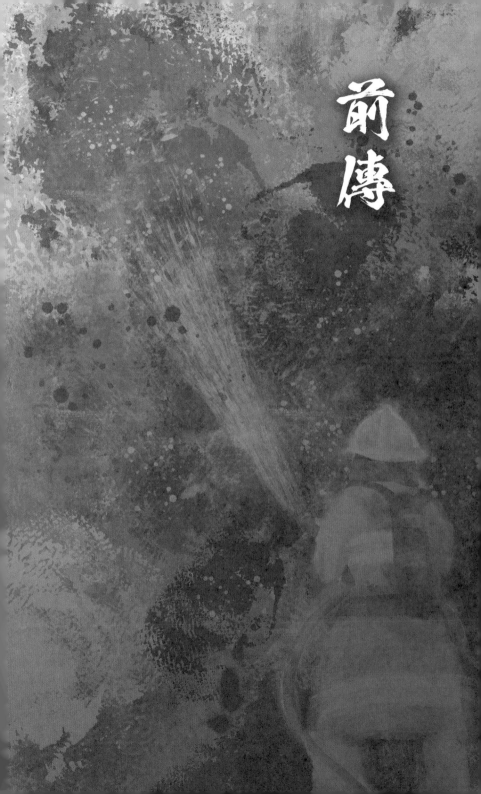

前傳

前傳
誤打誤撞入消防

在六十年代的香港，九龍城區的上空不時能見到一團莫大的黑影，伴隨着震耳欲聾的引擎聲，在房頂上呼嘯而過，飛往遠方的高空。那是屬於舊時代的回憶，在那個年代，乘搭飛機對於大多數的升斗市民而言，均是一件遙不可及的事。

那時的學校也不像現在那般強調學生的「生涯規劃」，對於未來的人生路向，童年的我一直沒太大想法。談到最大夢想，應該是坐上一次飛機，又或者環遊世界。按照這個夢想，未來的我理應成為一個手提公事包、身穿制服，在萬里高空上飛行的機師。然而，最後我成為了手執消防喉、身穿防火服，在熊熊烈火中救人一命的消防員。如此截然不同的結果，其實源於年輕時與朋友之間的一個玩笑。

正如先前所說，我在童年時並沒有多大的理想，對於學校那些死記硬背的知識亦不感興趣。於是在 13 歲那年，我便踏入社會，開始四處尋訪工作。記得當年第一份工作便是汽車維修學徒，每日的工作就是不停地檢查、維修汽車零件，下班後總是弄得污手垢面。後來經朋友介紹，轉行到了酒樓的點心部擔任學徒，日子便過

得輕鬆多了。在當年，點心師傅是份頗為吃香的工作，人工不錯之餘，上班時間亦短，一般到下午一至兩點便能下班，而且每次做完點心後，都能率先品嚐。如此一來，我便全心投入到這個事業之中，19歲時更已是某酒樓的點心部主管。甚至後來在1984年，中英雙方對於香港主權問題進行談判，不少港人萌生移民念頭，我的點心師傅有意到美國華盛頓開設酒樓，就曾打算帶我一同到當地發展；我當時已入職消防，只能婉拒。現在想來，假如當初沒有遇到那一輛消防局的流動招聘車，我的人生軌跡應該截然不同。

//因玩笑而做的體能測驗//

1980年夏日的某個下午，我與另外兩名點心部同事，下班後如常相約至佐敦道的碼頭釣魚，一直釣到黃昏時分。正當準備離開時，不遠處傳來一句說話：「後生仔，入嚟試下啦，高薪糧準，假期多。」轉眼望去，有位身穿制服的壯漢在一輛大貨車前對我們喊話。仔細一看車上標語，才知道是消防局的流動指揮車。一直以來，提到消防員這個職業，總離不開壯健、勇敢這些特質，能否當上消防員亦成了決定體能好壞的指標。同行的一位同事說：「一齊試下，睇下邊個得！」對於這個打賭，我當下並不感興趣，更反問：「有咩好玩啊？」然而，另一位同事對此也是蠢蠢欲動，似乎想藉此證明自己。在他們再三慫恿之下，當時我也是抱着玩鬧的心態，上前測試體能。

記得當時的體能測試評分中，同行的兩位同事均有90幾分，而我卻只有70分。原本以為事情就此完結，誰料負責評分的考官卻在測試完成後，竟走到我跟前，開口便說了一大輪之後面試、驗身的事宜，當下我仍來不及反應，嘴上唯唯連聲，便轉頭離去。同行的同事對此亦感到莫名其妙，事後我們經過一番討論，一致認為我能通過測試，是因為我的身高和體重達至入職的要求。至於當時仍一頭霧水的我，並沒有太在意他們的討論，腦中卻不斷浮現一堆問題：「到時會問啲咩？驗身會點驗？去唔去面試好？消防員做啲咩㗎？」

　　回程路上，我嘗試在記憶之中，找尋自己對於消防員的印象，思來想去，終於記起曾經與消防員三次近距離接觸。

由點心師傅變成消防員，只源於年輕時與朋友之間的一個玩笑。

/// 與消防員的三次接觸 ///

記得在我年少時，香港發生火災的次數要比現在頻繁得多，皆因當年的防火設備簡陋，消防條例亦不似現今般嚴謹，再加上市民普遍的防火意識不高，發生火災的機會便大大提高。尤其山林、木屋區、後巷及工廠等地方，幾乎三兩天便傳來失火的消息，而消防車的鳴笛聲亦不時在街道上響起。對於消防員拿水喉，在火場周圍四處奔波的場面，少年的我對此情景亦不陌生。

事情要由我小學三年級時說起，當時我居於平房區，即香港舊時一種簡陋的臨時公共房屋。房屋的建築用料已然不佳，而防火設施更是欠奉，因此區內亦偶有火災發生。某日，鄰家一位婆婆所居住的房屋意外失火，熊熊烈火在一霎間便席捲整座房屋，火光將周遭映得赤紅，陣陣熱浪撲面而來，滾滾黑煙直衝半空。轉眼之間，該屋已被燒得焦黑，一股煙燻味撲鼻而來。當時的火災亦引來不少人圍觀，眾人眼見房屋逐漸崩塌，都議論紛紛，喧嘩不斷，卻未見有人敢上前滅火。正當所有人都一籌莫展之際，消防員終於趕來。然而平房區建於山腰之上，當時亦未開闢道路供車輛駛進，故消防車只能停於山腳，消防員需由山腳跑來。儘管如此，他們仍是飛快地趕到現場。記得當時他們頭戴黑帽，身穿深藍色制服，肩上托着消防喉，手持一堆設備。在到達現場後，先行勘查現場環境，再將一個紅色類似圓柱的設

備（後來才知該設備名為「浮水泵」），放於菜園附近的水池之中取水，不消片刻便已將火救熄，並將屋內的婆婆救出。雖然當時我還年幼，卻也在懵懂之間，了解到消防員的職責所在，心中暗自佩服。

/// 專業亦危險的消防工作 ///

17歲時，因為大磡村木屋區的一場大火，消防員的身影又再一次進入我的記憶之中。當時我途經火災現場，離遠望見村內煙火連天，肇事的木屋之外除了消防員，亦有一眾市民圍觀。當時一名消防員正站於鋼梯之上，由高處向下灑水滅火。忽然之間，現場傳來巨響，想來應是火場中的石油氣爆炸。隨後木屋中爆出一大團火球，就在消防員猝不及防之際，飛速竄升至其身下。現場的尖叫聲如浪，幸而最後該火球與該消防員擦身而過，才未造成更多傷亡，其後火災亦成功撲滅。儘管如此，憶起當初的情境，仍心有餘悸；試想當時若火球直接襲中該名消防員，後果簡直不堪設想。自此以後，消防員在我心目中除了「專業」以外，更多了「危險」這一印象。

誰能料到數個月後，我竟又再一次見到消防員，而這一次的見面，更是在我所工作的茶樓之中。當時我在一間黃大仙的茶樓工作，某日如常地在廚房製作點心時，忽然聽聞茶樓外部發生搶劫事件。據聞當時的劫匪

帶有易燃液體，前台負責收銀的侍應不幸首當其衝，全身被淋上易燃液體。賊人取走錢財後，更隨手將已點燃的火機拋至該侍應身上。一瞬之間，該侍應已燃成火人，哀嚎之聲響徹茶樓。即使當時我位於後方的廚房之中，也能隱約聞到一股燒焦的氣味，以及那瘆人的慘叫聲。待賊人逃去，我與其他同事方敢從廚房走出。來到大廳後，只見該侍應躺在地上一動不動，其身軀已被燒至碳黑色，就此與世長辭。事發不久後，消防員趕至現場，抽取易燃液體的樣本進行調查，並一一向酒樓的員工詢問事發的經過及詳情，那就是我平生第一次消防員進行交談。他們的到來亦令驚魂未定的我，感到些許心安。憶起以往兩次目睹火災的片段，再看到他們在工作時如雨般滴下的汗珠，料想他們平日工作之時，定必時常看見這些血腥、可怕的場面，其所承受的心理壓力可想而知。想到此處，我又不禁由衷地敬佩消防員。

成為消防員的機會

一年以後，因為與同事之間的一個玩笑，我再次與消防員接觸，這次更是有機會成為消防員。

通過消防招聘測試的數日後，我便如期前往北角消防局進行面試。當時的我只是抱着一試無妨的心態，因此面試前我亦未作準備。面試當日，當其他人西裝革履、頭髮蠟得油亮時，而我卻是七十年代潮流的標準搭

配 —— 長髮、恤衫、喇叭褲。結果在面試過程中，面試官上來便問道：「陳先生，點解你着恤衫唔扣齊啲鈕？同埋你係咪好鍾意長頭髮？」對於面試官突如其來的問題，我當下也是不知所措，更下意識地反問了一句：「留長頭髮係咪唔做得㗎？」話從口出後，才發覺略有不妥。幸而當時長官亦只是微微一笑，隨即問道：「睇你依家份正職，人工都唔錯喎，點解會想做消防員？係咪想趁火打劫啊？」此處得說明一下，皆因七十年代的香港貪污問題嚴重，當時部分消防員趕到火警現場時，會向市民索取「利是」，金額滿意後，方肯救火。當年的電影《七十二家房客》中的經典對白：「有水放水；冇水散水」便是諷刺當時的貪污問題。

興許因為以往的經歷，我對於消防員的英勇尤為敬佩，此番話在我耳中聽來，不僅侮辱了一眾敬業的消防員，更似在嘲諷我意有所圖。因此，縱然心知當時正在面試，但身體卻已按捺不住，激動得一邊拍着枱面一邊道：「第一，其實我之前無諗過做消防員，今日純粹嚟試一試得唔得；第二，人哋火燭已經好慘，你仲話趁火打劫？呢啲嘢唔應該攞嚟講笑。」面試官聽後亦沒有繼續追問，面試亦到此為止。義憤難平的我已然記不清離開消防局的經過，直到回程時，乘上北角航往九龍城的渡輪，被海風吹拂一番，方始冷醒下來。縱使當時年少，但「禍從口出」這個道理我也是明白的。眼見入職消防的機會已然渺茫，心中已打算繼續任職點心師傅。

　　出乎意料的是，就在面試後不久，我竟然收到消防
局驗身的通知。當時我深信在上一次面試過後，消防局
定然會將我拒諸門外，而之所以收到驗身的通知，應該
也只是到政府的醫務衛生署的例行程序。既然已經去了
面試，不妨再去驗身，順便也可知道自己的身體狀況。
就這樣，我又如期去了驗身，在一輪身體檢查後，醫生
跟我說：「得㗎啦，返去等信啦！」聽後我頗為不解，
便繼續追問，隨後醫生便不耐煩地道：「仲使問？梗係
入班操練啦！」

第一章

正式進入消防訓練學校
接受入職前的訓練
然而我卻沒有準備任何行囊
就這樣進入學堂

當上消防員

1.1
初來乍到

就在驗完身的一個月後，我便收到由消防處寄來的信件，內容大概是告知我已經初步通過測試，並需要在九月一日早上八點前，抵達尖沙咀消防局，預備入班事宜。所謂的「入班」，即是進入消防訓練學校，接受入職前的訓練。先前對於能否入職的忐忑不安之感，在看完該信後終於一消而散，取而代之的，是對於新工作的滿腔期待。

入班當天，我準時到達尖沙咀消防局，當我躊躇滿志地跨過門口時，只見消防局內站滿了密密麻麻的人，看起來都是同期準備入班的準消防員。然而這些都不是重點，令我詫異的是，他們每一位的腳旁竟然都放滿了一大堆行李，而我卻是兩手空空，毫無準備。看到這番景象後，我心裏不禁暗罵那封入班通知信，信中只提及攜帶少量金錢，並沒有寫明要帶甚麼物品。加上我身邊也沒有朋友從事消防員，因此我以為日常用品都會由訓練學院提供，事前並無準備。全身上下沒有任何行囊的我，也隨即引來不少異樣的目光，其中大多數均帶有嘲笑成分。當時我也只好無奈地站在一旁，默不作聲，畢竟自己也沒可能再回家收拾行李，只好走着瞧，待進入學院後再作打算。

　　不久後，長官們便一一點名，並安排學員乘上兩輛能容納多人的「豬籠車」，駛進位於元朗八鄉粉錦公路的消防訓練學校，開始我的消防訓練生涯。

　　到達學院時，消防助理教官早已在內等候多時，就在其他人都忙於收拾行李下車時，一身輕裝的我立即被教官留意，他上前問道：「點解你咩都冇帶㗎？」我也只好一臉無辜地訴說緣由。他聽後便道：「咁你帶咗幾多錢啊？」我略帶尷尬地提起五指道：「帶咗 50 蚊。」話音剛落，隨即引來哄堂大笑，連教官也忍俊不禁：「50？兩餐飯你都唔夠喇！」經過教官的一番調侃後，所有人亦已經下了車，於是其他的教官便帶領一眾學員前往宿舍，一一編配房間，並安置行李。當時學院的宿舍十分簡陋，與其說是宿舍，倒不如說是間普通的課室，只是裏面放了五、六張加了塊木板的鐵床架。同房的學員中，有不少人都看似早有準備，拿了張軟墊或竹蓆鋪在床上，免得直接睡在木板上。至於我，連替換的衣物也沒有帶，更不要說甚麼床墊枕頭之類的用品。其他人安放行李時，我也只是在旁走走停停，等待下一步指示。

　　其後，按照入學規矩，學員們需要修理髮型，畢竟入學後需要進行大量的體能訓練，總不能一直披頭散髮。學院中有位「髮官」專門負責為學員理髮，他可不

會像坊間那些髮型師般，先詢問你打算理甚麼髮型。當你坐下後，他二話不說便把碗倒轉，蓋在學員頭上，再拿剃刀「劏青」。我那一把蓄了良久的飄逸長髮，就在那刻離我而去，成了與所有學員一致的平頭裝，同時也標示着我正式進入消防學堂，成為一名準消防員。

　　一眾學員剪完頭髮以後，天色亦已漸暗，教官安排我們在晚上六點到飯堂進膳，隨後回房執拾細軟，明早七點三十分便開始訓練。當晚回到房間後，所有人的首要任務便是把教官發下的制服燙直，其次便是擦亮步操用的皮鞋，以及整理好消防裝備，如個人救生繩及消防斧頭。由於首日入班，大家都不清楚制服方面的規矩，加上房中只有兩個燙斗，因此當晚人人都弄得手忙腳亂，直到夜深方才入睡。至於我，由於事前一件日常用品都沒有帶去，當晚也只好逐一詢問同房學員，向他們借用備用的毛巾和牙刷，就此懷着既緊張又期待的心情，度過入班後的第一個晚上。

1.2
學院內的生活模式

在消防學堂的生活十分重視規矩與紀律，何時要到何地，何地該做何事，每日、每時、每分的行程與活動都被安排得清楚妥當。客觀而言，這種生活十分規律健康，說白了其實枯燥且乏味。

次日一早，同宿的學員們在七點前均已起床，梳洗過後，一眾學員在操場有序地排成一行，等候接下來的訓練。晨間的體能訓練是消防學堂的日常之一，體育教官帶領我們做各種訓練，其中掌上壓和緩步跑便是最常見的訓練內容，而這僅僅是整日訓練的開端。

我們在食堂吃過早餐後，便開始第一天最緊張的時刻，因為消防學院的校長與一眾教官，將會向初來報到的學員們作訓話與檢閱。時至八點三十分，我們回到宿舍匆匆換好制服，然後又趕到操場上，將身體挺得筆直，屏息靜氣，立正等候。時值夏季，烈日當空之下肅正挺立，我與其他師兄弟頭上的汗珠如雨般落下，想擦拭卻又不敢輕舉妄動，時間變得異常漫長。等了大約十幾分鐘，終於望見校長與教官們從操場外緩步走來，看見他們凌厲的目光，心想給他們留個好印象，肢體不由自主地更加繃緊。

校長走到我們面前，一來便是一頓勉勵與訓話，然後令教官們分別檢查各人的衣着。説也好笑，由於當日是首日訓練，同場的學員們皆不懂穿着正式制服的規矩，每位皆是衣冠不整，錯漏百出。當有學員被教官點名訓話時，旁邊的學員都忍俊不禁，緊咬嘴唇，生怕一不小心笑了出聲。終於有位同學按捺不住，「噗」地一聲笑了出來。教官聽到後，立馬厲聲喝道：「笑咩呀？企出嚟！」並下令他原地做 20 下掌上壓。做完以後，本已汗流浹背的他累得氣喘吁吁，而在旁的同學也被嚇得面如土色，不敢再嬉皮笑臉。我想，這次的檢閱確實給了不少人一個下馬威，令我們知道消防學院的訓練遠比想像中嚴厲與苛刻。

　　教官點名及檢閱以後，便指示我們回到宿舍更衣，準備下一輪的訓練。接下來的訓練便分為兩組，一組學習消防員的基礎技巧 ——「開喉」與「收喉」，而另一組則負責紀律性與整齊度的訓練 ——「步操」。對於當時的我而言，步操的環節最是苦惱。在進入學院以前，我一直以為學院的訓練內容不外乎如何救火救人，未曾想過會有步操訓練。在烈日下一遍又一遍地操練，不但酷熱難耐、汗如雨下，不少同學的腋下更因為不停被衣物摩擦而損傷流血。另外，由於自己的英文水平較低，而步操的每一個指令皆是英語，所以很多時候都會因為聽不懂指令而大擺烏龍，笑話百出。印象最深的一幕，莫過於當教官喊：「Turn right！」時，一眾師兄弟轉

左轉右，各不相同，最後面面相覷，呆在原地。每到此時，助理教官便會立即號令全體一同受罰。

　　談起這位助理教官，便要提到消防學院內的班級制度。其時一眾同屆的學員會被分派各班，而各班又分別設有一名高級消防主任作班主任，助理教官則負責輔助班主任，處理班中各成員的紀律問題。每當有學員犯錯，這位助理教官總會搶先班主任一步責罰；因為據他所言，倘若由班主任施予懲罰，後果則更為嚴重。至於受罰的形式，則可用八字概括：「一人犯錯，全體受罰」，皆因消防員執勤期間出入火場，生死攸關，隊員之間的合作互助尤為重要。消防學院在平日訓練間，便一直反覆強調團隊合作精神。潛移默化之下，我亦漸漸適應了這種訓練模式。團隊合作精神一直深印於我腦海之中，影響殊為深遠（此後之所以能在毅行者比賽屢屢奪冠，此間的步操訓練可謂功不可沒）。

1.3
消防裝備的訓練

所謂「工欲善其事，必先利其器」，作為一名消防員，當然要有幫助我們進入火場，抵抗高溫的裝備——消防服。進入學堂後，我們每人均收到一件屬於自己的消防制服。當年的消防制服為深藍色，前後各印有由反光帶組成的「工」字，能於夜間或火場中供他人識別，因此又被稱為「工字衣」。這件「工字衣」的用料可不像如今的消防服般講究，其防火性能實屬有限。

儘管如此，當年我們仍是穿着它走進火場，捱過高溫，救出無數受困的傷者。隨着科技的進步，「工字衣」早被更先進的滅火防護衣所淘汰，消失於時代洪流之中。然而，「工字衣」在我心目中永遠有着不可或缺的地位，它不僅是我消防員生涯的第一件制服，更象徵着消防員不懼艱辛、堅守崗位的專業精神。如今偶爾想起，總會懷念從前在消防學院的點滴，尤其那一堆刻苦艱辛的訓練。

/// 鈎梯訓練 ///

消防學院受訓的日子中，有一項考驗體能、技巧與膽識的高難度訓練，學員需要在這項訓練中達標，才能繼續留下受訓。當年每一班均有人因為恐懼與壓力而選

擇放棄訓練，提早打包離開學院，而這項令師兄弟們聞風喪膽的考驗就是「鈎梯訓練」。所謂的「鈎梯」其實是一條長約 6.4 米，頂端部分帶有鈎扣的梯子。在以往的年代中，建築物普遍較矮，樓層亦少，不似現今的高樓大廈動輒高達 4、50 層。當火警發生時，消防員除了撲滅火焰外，更需要到達不同樓層，執行救援任務。進行鈎梯訓練，便是為了訓練消防員使用鈎梯，迅速從大廈外牆攀爬入屋，救出火警現場的受困者。

在學院眾多的訓練設施中，有兩座模擬市面建築物的訓練塔，又稱為喉架，約 13 層樓高，每層均有窗口，那裏便是進行「鈎梯訓練」的場地。「鈎梯訓練」之所以把不少學院新生嚇跑，皆因它要求學員由地下開始，將鈎梯勾至 2 樓的窗台，沿梯爬上。到達 2 樓後，則需要坐於窗台上，半邊身凌空，一腳在外，一腳在內保持平衡，再拗出上半身，將鈎梯勾於 3 樓，在半空中爬梯而上，如是者直到訓練塔頂層方算達標。此過程的難點有三：第一，學員期間要手持長梯，消耗體力甚多；二，學員一邊保持平衡，一邊將梯子勾於窗台，當中需要準確的技巧，姿勢一旦錯誤便要承受教官的責罵；三，整個訓練期間如不慎跌下，地上並無如軟墊、氣枕之類的安全措施，驚險程度可想而知。幸好當時亦未曾聽聞過因此項訓練而引致任何意外傷亡，同期的大部分同學亦在恐懼與壓力中陸續完成訓練。

至於我自己，或許自小便喜歡爬樹，反而未有如其他人般畏高。第一日的訓練雖説不上完美，但總算是順利完成。後來的日子中，我亦漸漸熟習如何使用鈎梯，同學們亦藉着這項訓練克服了對高空的恐懼。若然説步操是為了訓練紀律，我認為鈎梯訓練則是鍛煉消防員的膽量與魄力。然而，據知鈎梯訓練因為未能配合香港現代城市發展，如今在前線救援工作中已被正式淘汰，學院內亦再無此項訓練，實屬可惜。

/// 煙帽訓練 ///

消防員的救援行動除了要攀上高樓，更要深入火場，而真實火場的環境往往惡劣不堪，潛伏着種種致命危機。消防員進內時不但要穿上厚重的防火服，更要背負沉重的器具，在煙霧瀰漫、伸手不見五指的未知環境下執行救援任務，難度相當之高。為幫助消防學員們儘早熟悉火場環境，消防學院設有一項指定的訓練，名為呼吸器訓練，俗稱「煙帽訓練」。所謂的「煙帽」，即是為消防員提供氧氣供應的呼吸輔助器，又可稱為氧氣筒。這種設備的訓練模式可分為兩種，第一種學員們需要揹上氧氣筒，在由重重木箱搭建而成的漆黑通道中上下爬行、左右穿插，直到找到出口。這些通道只容單人通過，並且十分狹窄，即使不帶任何裝備，想要通過亦十分困難，而我們當時更是需要揹着一系列厚重的裝備，在內只能緩緩匍匐前進。有時候遇上一些比較棘手

的拐彎處，更是需要卸下背後的氧氣筒，將其放在身前並推着前行，但同時仍需要連結着氧氣喉及面罩，以確保呼吸順暢。

為模擬真實的火場環境，這些通道十分侷促且悶熱，加上訓練期間為夏天，當我們進行訓練時，時常會因為強大的壓迫感或不安感而產生恐懼，既擔心氧氣不足，又因為找不到出口而焦躁非常。由於訓練有一定的危險，所以在過程中，長官們會在旁觀察每位隊員的行進情況，並且每個路段都設有缺口，若遇上突發狀況，便能開門讓學員爬出。縱然如此，當年仍是有部分同學因此訓練而選擇退學。另一種訓練的進行場地則較為特別，位於學院操場的底部，學員們需要揹着氧氣筒進入地道，模擬城市中的坑渠管道搜索任務。可千萬別看輕這種訓練的重要性，在真實的環境中，地下的管道不僅更為漆黑深邃，更充滿油渣、揮發性氣體及易燃氣體，稍有不慎弄起火花，便會釀成爆炸，對消防員的生命造成莫大威脅。因此，這些訓練便是讓我們習慣在黑暗且狹窄的環境下探索，並保護自己的安全。

/// 「開喉」訓練 ///

除了驚心動魄的鈎梯訓練與呼吸器訓練外，另一項我年輕時最喜愛的訓練，實非「開喉」莫屬，皆因我認為作為一位消防員，使用消防喉灑水滅火此一動作是最

具代表性的。然而,「開喉」這動作可不簡單,它不像澆花灑水,只需灌水入喉般簡單。一條標準的消防喉平均 20 至 30 米長,闊度約 7 至 10 厘米,灌水後能粗若大腿,重量實在不可小覷,往往需要合數人之力才能搬動。初期的「開喉」訓練主要以未灌水的乾喉為主,我們要將捲好的消防喉由收放處搬至大操場上,即使未灌水,每卷消防喉都有十多公斤的重量,拿起來相當費力。教官會教授我們正確的「開喉」方式 —— 如何托喉、如何移動、如何展開均有技巧,只有按足指示,才能迅速、安全、無誤地完成。

開喉訓練看似比其他訓練來得簡單,但其實最考驗團隊之間能否互相包容與尊重。過程中,教官會不斷提示我們,若能一次過關,便可提早下課;若過程中稍有錯漏,則需到操場跑圈或做掌上壓,然後從頭再來。如此一來,每位同學心中均有壓力,不僅深怕出錯而被教官責罰,更怕自己成為團隊中的負累。因此剛開始訓練時,我們均手忙腳亂、誠惶誠恐,有同學因為太緊張而屢次犯錯,甚至被消防喉絆倒受傷。與此同時,亦會有同學埋怨隊友拖累自己受罰。然而,緊張和埋怨在「開喉」的訓練中毫無幫助,只有團隊之間互相鼓勵、互相提點,才能做得更好,並順利完成訓練。情況就如同消防員進行救援任務時,形勢十萬火急,團隊之間的包容與合作尤為重要。此點是我在「開喉」訓練當中最大的得着。

與火神搏鬥 三十五年消防生涯事件簿

／／ 各類消防設備 ／／

　　另一個消防員必須熟悉的事物，便是各式各類的消防車輛，例如在災禍現場為前線人員提供水源的泵車，我們必須學會如何控制泵水系統，令其可以從內置水缸、街井或任何開放水源輸水。現今市區樓宇愈蓋愈高，消防處與時並進，在消防車內引入油壓升降系統及一系列的高空裝備，一些消防雲梯甚至可高達 50 米以上；學會如何操作這些機器設備，對於高空的滅火及救援工作尤為重要。

　　事實上，在我受訓的那個年代，香港市區樓宇的建築高度普遍較低，科技亦不似現今先進。當火災發生時，許多時候會用到一種名為「雙扯梯」的二節式伸縮梯，它能夠幫助我們快速進入較低樓層進行救援工作。然而，由於這種梯子的重量達幾十斤，並且依靠純人力操控，需要四人互相配合方能使用。倘若四人之間缺乏默契，使用不當或不純熟，不僅會阻礙救援工作，更容易構成危險。因此，教官們對於這類搶救梯子的訓練要求都特別嚴厲，而對我們的責罵聲也比其他訓練來得多。最令我印象深刻的，是某次進行「搶救大樓梯」訓練時，一名師弟因為草率從事，導致梯子靠在牆上時稍有搖晃。當時教官見到此狀，二話不說便衝至他面前，用拳頭予以「教訓」。不僅那位師弟的帽子被打落在地，

就連教官腕上的雷達錶也被撞得得破碎。要知道，當年的雷達錶可是以耐用及高硬度見稱，那位教官的「教訓」力度可想而知。自此以後，我們在進行這類搶救梯子訓練時，都會特別留神，不敢有任何鬆懈，畢竟誰也不想與教官的拳頭有過多的接觸。儘管如此，教官們也並非如想像中般窮凶極惡，當學院內的班主任對我們的表現不滿意時，助理教官們會在下課後，利用休班或自由時間，與我們繼續操練，並加以提點，務求我們能配合得更好，以致順利通過考驗。

與火神搏鬥

三十五年消防生涯事件簿

1.4
消防員的專業知識

　　作為一名消防員，除了需要具備良好的體魄、過人的膽色、純熟的救援技巧外，更需要有關於消防與救護的專業知識。

　　除了紀律與體能訓練以外，消防學院當然亦會教授消防員應有的專業技能與知識，學員們每日不外乎在三個地方之間往返 —— 操場、宿舍、課室。然而，在我進入學院以前，對於要上課讀書一事完全一無所知。

　　最記得首日上課，教官問及一眾學員是否對課堂有任何疑問時，由於我一直對讀書不感興趣，每看見書上密密麻麻的文字都會頭昏腦脹，於是我壯着膽舉手道：「阿 Sir，我一聽書就好容易瞓着㗎喇！」教官聞言後似乎以為我在開玩笑，便笑着道：「你一瞓我就一個粉刷丟埋去。」見教官似乎也在和我說笑，便心想睡覺也沒太大問題。隨後教官便轉過身，拿起粉筆開始上課。不一會兒，教官那授課的聲音在我耳中就像催眠曲般，加上上課前剛做完體能訓練，我很快便感到重重睏意，兩眼在不自覺間漸漸瞇上。迷糊之中，忽然額頭一痛，似被硬物重擊；睜眼一看，原來教官竟然當真拿起粉刷向我丟來，並且正中我額頭！從此，我便成了同屆學員中

第一位被教官丟粉刷的學生。後來我才知道，教官之所以如此着緊，原來是因為學院中每個科目都需考試，學員只有合格才能順利結業（Passing-out），而且，課堂所授的知識，在執行任務時是相當重要的。

在初入學堂期間，我一直以為消防員只需要穿上裝備，衝進火場把人救出即可；殊不知救援的背後，原來牽涉着種種專業知識，若不得其法或稍有不慎，隨時可能牽連傷者的性命。這個道理，直到我在學院中上過各種課堂後才逐漸明白。

/// 嚴謹考核各項消防知識 ///

就以繩結為例，當年的消防員時常需要利用繩子將物件吊起或放下，其中便需要利用繩結將物件繫穩，以防掉落。消防員需要學習的繩結打法有數十種，最基本的要學會如何吊消防喉、爆破工具、切割工具，且不可有絲毫差錯；因為假如繩結打得不好導致工具掉落，不僅損壞工具，更有機會令下方的同事受傷，後果可大可小。另一種繩結則為意外拯救之用，例如攀山發生意外時，在斜坡、懸崖、山澗等不同場地、不同狀況所用到的繩結均有所不同，萬萬不可馬虎。因此消防學院設有專門的考試，嚴謹審核每位學員運用繩結的能力。

此外，在日常的課堂間，我們亦要認識各種學術性的知識，包括常見的有毒物質的構成以及其危害。又需要分清各類的危險物質，例如爆藥及爆炸品屬於第一類危險物，在當年需要通知礦務處優先處理；一些壓縮性氣體，像石油氣、燒焊時用到的「風煤」、卡式瓦斯罐等，原來都歸入為第二類危險品；汽油與丙酮等易燃性液體則屬第三類；毒性物質與腐蝕性物質又各屬不同類別等。這些關於消防安全的知識，我們都必須在書本或課堂上熟習，以便日後到意外現場執勤時，能夠迅速識別潛在的風險，做好緊急應變準備。另一方面，加深對各類危險品的認識，亦能讓我們更了解意外發生的成因，繼而對肇事者作出檢控。

另外，如何「救人」亦是消防員必學的課程。消防學院內會模擬各種意外事件，例如煤氣洩漏、建築坍塌、交通事故、工業意外等，讓我們先熟悉未來工作時可能遇到的狀況，並在實踐中學習如何正確、迅速地拯救傷者或在場人士。拯救過程當中，亦涉及到救護、急救學的知識，例如當消防員到達火場後，該如何視察現場環境、如何就不同傷者的狀況作分類、如何妥善地處理他們的傷勢等。尤其當傷者出現昏迷或心臟停頓的狀況時，搶救是否及時會大大影響其生還機會。因此我們亦需要學懂利用「黃金三分鐘」，第一時間為傷者進行心肺復甦法（CPR）。再如當發生交通意外或工業意外

時，傷者有機會出現創傷、斷肢或大量出血的情況，為避免傷勢惡化或傷口遭受感染，我們亦需要學懂如何進行止血、包紮、甚至保存斷肢以便傷者重新接合等。以上的急救知識我們除了需要在課堂或模擬訓練中學習以外，最後更會經由當時救護訓練學校的校長進行評核，整個考試流程亦非常嚴格，不容出錯。不合格者需要留堂重學，甚至無法畢業。消防學院內的考試之所以如此嚴謹，皆因意外發生時，消防員往往在第一時間抵達現場，我們的一舉一動隨時牽涉傷者的性命，責任重大，容不得有丁點錯誤。

1.5
學院生涯的苦與樂

　　現在回想起來，當初我在學院中的生活大部分時間都是艱苦且勞累的，因為在此期間，每日的行程都被編排得十分緊密。除了日常的體能訓練以及關於裝備的訓練以外，更要在課堂上學習關於學術性的知識，並且每星期都有考試，一旦不合格便需要「留堂」。

　　何謂「留堂」？其實除了星期一至五以外，星期六、日便是我們的休息時間，我們可以在此期間外出，但當中也有限制。以一班 20 人為例，其中 10 人在該星期六放假，另外 10 人便在星期日放假，下個星期則彼此互換放假時間。如此安排是為了讓我們提早適應，因為將來駐守消防局時，也是會按類似的安排輪流值班。所謂的「留堂」，大致便是指學員整個星期均需留在學院內，無法外出。其實於我而言，倒是不太在意會否被「留堂」，皆因以往的交通並不方便，從市區到學院一來一往耗時甚多，因此我大多數會選擇留在學院內，免得舟車勞頓。然而，平日放假甚少外出的我，卻因為某次偶然的外出，令我得到一次刻骨銘心的教訓。

　　話說某次放假時，我選擇了外出回家，而當天是星期日。按學院規定，我需要在次日早上八點三十分以

前，穿好整套制服，在學院的操場上集隊，準備接受校長及眾教官的檢閱。那時我家住慈雲山，回去消防學院需要先乘火車到九龍塘再轉乘小巴。當時的火車還未完全電氣化，不少仍是靠柴油發動，速度也較慢。然而我對此早有預備，早在清晨六點出門，而當天火車抵達的時間也在預料之內，可是問題出在轉乘的小巴之上。那時候有一班小巴由上水開往元朗，沿粉錦公路駕駛，途經八鄉消防學院門口。但我在小巴站等了許久，小巴卻一直遲遲不來，原來當天上水某個迴旋處發生交通意外，導致行車路線有所阻滯。

結果，當我抵達消防學院門口時，已是八點五十分，離遠還能望到一眾同學已穿好制服，筆直地挺立在操場上。教官見到我以後，便令我在操場中央立正罰站，而當時我還未來得及換上制服，穿着大關刀領長袖花紋襯衫，特長喇叭褲、再加一對厚底鞋，一站便是兩、三個小時，而且一眾教官以及其他師兄弟均在操場，期間我不時會感受到周遭的異樣目光。直到檢閱完畢，同學們分別進行各類操練時，教官才命我回宿舍更衣，然後在操場上跑圈，期間見到其他教官經過，我也只得不斷低頭致歉，直到下午才被放行。

猶記得臨走時，那位教官語重心長地對我說：「當你正式成為消防員以後，絕對唔可以有遲到呢回事；因

與火神搏鬥 三十五年消防生涯事件簿

為假如發生火災你都遲到，會係一個好嚴重而且無法彌補嘅過失。」事實上，我從入班以後的整體表現雖不算突出，但總算良好，各項體能訓練以及學科考試均順利達標，也一直沒有犯下過錯，唯獨這次的經歷最令我羞愧難當，直到現在我也將之視為人生的污點。自那天開始，我便對自己承諾，以後絕不遲到，接下來的消防生涯，甚至退休後的越野訓練或比賽，我也一直堅守此旨。

在接下來的日子中，同期的師兄弟們亦漸漸適應了學院內的生活，彼此之間的情誼亦愈加深厚。當時我們都年少氣盛，總喜歡在訓練時互相較量，尤其是在進行「開喉」訓練時，我們會分組競賽，率先成功「開喉」的那隊，便會向另一隊灑水，另一隊也會隨即還擊。在炎炎夏日下，大家都玩得喜不自勝，拿着消防喉把對方噴灑得全身濕透，那種涼快與歡樂的感覺，至今偶爾想起嘴角總會不自覺地上揚。至於那些平日看似冷若冰霜，不近人情的教官們，其實相處日子久了，也漸漸發現他們其實對我們十分關愛，我們在學院內的關係，比起教官與學生，其實更像是父親與一群孩子，他們帶領着我們一步一步成長，從一竅不通到獨當一面。回想起來，滿是感激與不捨。

1.6
「賓虛」般的
畢業禮

隨着酷暑漸退，漫長且艱辛的消防訓練也即將去到尾聲。幾家歡樂幾家愁，同期受訓的學員中，自有通過重重考驗且順利畢業（Passing out）者，而名落孫山，與消防員一職擦肩而過者也大有人在。至於我，當然也進入了 Passing out 的名單之中，在畢業典禮過後，便能正式「出班」，成為消防的一員，站於前線工作。

消防學院的畢業典禮不僅聲勢浩大，且熱鬧非凡。除了學院校長及一眾教官以外，消防處長，副處長、各區消防總長、其他紀律部隊的處長或副處長、立法會議員、太平紳士等均會蒞臨，當然也少不了一眾畢業同學的家屬及朋友。

由於來賓眾多，為提供較佳的觀禮體驗，學院會根據當日的天氣情況調整觀禮位置。晴天時會將賓客們的座位或站位設置於學院大操場的外圍，而雨天則設於大車房內。至於學員們可沒此等待遇，無論天氣好壞，均需按照流程在操場上演練。換言之，即使當日下起滂沱

大雨，我們也要淋着雨在操場上步操及演練。其實此等狀況我們在以往訓練時也曾遇上，甚至可以說是習以為常，但對於畢業典禮這等大事，想必沒有人會希望出現美中不足的情況！

所幸天公造美，畢業典禮當日陽光普照，我們一早便換好制服，待來賓悉數進場後，便在操場上進行檢閱及大型步操。這次的步操除了畢業班的同學以外，其餘所有同學皆會參與，而警隊亦派出銀樂隊在場一同演奏及步操，整個步操隊伍人數過百，因此陣容顯得格外龐大且壯觀。當完成步操，並向所有嘉賓敬禮完畢後，畢業班的同學需要急忙衝進更衣室，在五分鐘內換好衣服及裝備，準備接下來有如「賓虛」般的項目 —— 大型消防演練。

當日的演練共分為數個部分，模擬各種意外場景。首先是火警演練，大操場的喉架上方會燃起煙霧彈，讓紅色及黃色煙霧在高空瀰漫，表示火勢猛烈。部分學員會扮演火災中的受困者，在喉架頂層不斷呼喊救命，模擬火災的真實狀況。另一邊廂，我們會換上一整套正式的消防服及救援裝備，並坐上消防車。由於當時學員仍未有駕駛牌照，因此助理教官會擔當司機，將消防車由車房駛至大操場上。待消防車抵達後，我們便會連忙跳下車預備開喉、泵水、灑水等一系列的救火程序。另一

批學員則預備救援的工作，部分負責搬梯、升梯、爬梯，部分則負責由樓梯跑上高層，救出傷者。

　　至於交通意外的搶救演練，我們會將兩輛廢棄的舊車放置於操場上，其中一輛由學員駕駛，將之撞向另一輛車，模擬駕駛失控而造成車禍事故。同時又有另一位學員，扮演被夾於車輛中間的傷者，在身上淋滿血色的液體，並在現場哀嚎，這時我們便會進行所謂的「細搶救」。為免傷者在拯救過程中再受傷害，我們會先判斷現場環境的風險，再迅速且準確地利用合適的工具將車輛鋸開。有部分學員則會在旁安撫傷者，或與救護人員接洽，務求待兩輛車完全分開後，傷者能以安全且穩定的狀況，迅速送上救護車。

　　除了火警演習的喉架外，大操場上其餘幾個喉架的頂層亦會有學員扮演受困者，其他學員則在下方預備氣墊、網床等工具，防止他們從高空墜地時受傷。類似的模擬意外場景還有幾種，在此不一一細說了。值得注意的是，這些演練均是同一時間進行，大操場上每一處均是模擬意外場景，可謂烽煙處處，讓人看得眼花繚亂。然而，真實的意外現場，往往比該場景更加混亂，存在着更多未知的風險。之所以會大費周章地進行這場大型消防演練，不僅為了展示我們在學院內所學到的技能，更想證明消防員在經過專業訓練後，能夠亂中有序地處理意外現場的種種狀況。

與火神搏鬥 三十五年消防生涯事件簿

　　演練結束過後，畢業班的同學便會逐一在操場上繞圈，接受嘉賓的鼓掌並向其致謝。回到更衣室換過一套新制服後，接下來便是自由的合照時間。至此，消防學院的畢業典禮便正式完結，同時又代表着消防職業生涯將正式展開。

　　在經歷過消防學院內幾個月的訓練後，以往那些觀摩、體驗的心態全都一掃而空，這段時間所帶給我的，不僅僅是體能或知識見聞上的增長，更是責任感與使命感的建立，消防員從此便成了我人生中最為重要的方向之一，而我亦引以為傲。即使如今已退休，我仍經常勸導年輕人：假如你想對社會有所貢獻，並願意服務廣大群眾，我認為投考消防員是一個正確的選擇。

第二章

消防事件簿

香港仔消防局

　　1981年，從消防訓練學院出班以後，我便被派至香港仔消防局駐守。當年香港仔隧道仍未開通，所有車輛皆要繞經司徒拔道或薄扶林道才能到達，可謂自成一角。而我當時居於粉嶺，每日清晨五點便要出門，乘巴士到佐敦道碼頭後，再坐油麻地小輪至中環，最後要再轉乘小巴才能到達消防局，可見當時該局有多麼偏遠。

　　記得在第一天在該局上班時，所屬分隊的主管便跟我說：「入咗嚟就要努力啲！唔好畀我睇死你，三年之後我驚你變咗隻豬咁樣啊！」的而且確，一些新入職的消防員雖然剛出班時身強力壯，但幾年後惰性漸長，身體也慢慢發胖。那時我便對自己立下誓言：直到退休當日，我的身形也要維持不變。事實上，在

該局工作想要變胖也不是那麼容易，皆因該局的工作範疇甚廣，除了要應付附近的公共屋邨、工廠區及木屋區的事故以外，更要負責海洋公園的纜車拯救。再加上當年香港仔避風塘上有不少水上人居住，有時候該處發生溺水事件時，同樣也由該局負責；所以在該局工作可謂是「上山下海」，無所不到。以下幾個事故，便是我在該局駐守期間所經歷過的特殊事件。

2.1
蛇形刁手

不知大家曾否聽過一齣名為《蛇形刁手》的電影？年輕一輩的讀者對此可能比較陌生，畢竟這部電影早在七十年代上映，距今算來已有 40 多年的時間。然而，當年曾看過這部電影的讀者們，想必對成龍將雙手擺作蛇形的架勢多多少少有些印象？我之所以會在此提起這部電影，皆因它總令我想起一宗在我駐守香港仔消防局期間發生的血腥工業意外。

那天晚上約八、九點，消防局收到一則求助訊息，屬於特別服務，內容大致是一名工人在操作工業器械時出現意外。由於當年廠房的工作時間普遍較長，所以在晚上接獲這則通知時，我也並不意外。與其他當值的同事收拾好爆破工具及急救用品後，我們便與救護員一同乘上救護車趕往現場。

意外現場位於某工業大廈的其中一個單位內，該單位面積廣大，且充斥着濃厚油墨味。進門後放眼望去，除了大量印刷機器外，便是一疊疊尺寸比麻雀枱還要大上一點的彩色海報。六、七十年代香港工業起飛，除了玩具、鐘錶、塑膠製品等加工業，印刷業亦發展蓬勃。該段時期出現大量印刷廠，滿佈各個工業區，而該單位正是其中之一。

發生事故的機器，是廠內一座大型的彩色印刷機。該機器由多條鋼鐵打造的巨型滾筒組成，平日作印壓紙張之用。待我們走近該機器時，只見一名印刷工人的前臂被捲入滾筒之間，鮮血不斷從中滲出。再仔細看向該縫隙，厚度不足一公分，幾乎連手指也放不進去，而一個成年男性的手臂此時卻被夾在其中。此情此景，不由得令我想起那些街頭小販，將一整條圓滾滾的甘蔗放入榨汁機內壓碎、碾平的過程，其嚴重程度可而想而知。

在我們抵達之時，雖然該名傷者仍是清醒狀態，但早已痛得面容扭曲，哀嚎不斷。見此情形，我們第一時間取出呼吸面罩蓋於其臉上，並釋放一種名為安桃樂的氣體，該氣體由俗稱「笑氣」的一氧化亞氮及氧氣混合而成，能夠迅速鎮痛，讓其免在救援過程中承受更多痛苦。那名工人在吸入該氣體不久後便失去知覺，沉沉睡去。

同一時間，其他同事也在利用工具將巨型滾筒上的大螺絲鬆開，並將夾住傷者手臂的兩條滾筒分開，並將他慢慢移出。該名傷者被救出時，前臂已被滾筒完全碾平，皮膚、血肉與骨頭攪和一堆，其形狀酷似我開頭所提到「蛇形刁手」，委實怵目驚心。

將傷者拯救出來以後，我們第一時間將其送上救護車，由救護人員進行簡單包紮，送院後，我們的職責便

到此為止。雖然我們並不會跟進後續事件，但大家心裏也明白，他的這隻手很可能救不回來了。

這次事故發生時，我才剛從學院畢業數月。在此以前，我實在從未想過，一個普通人的肢體竟可以因意外而扭曲到如此地步。也正是這一次事件，令我開始意識到每一次的救援服務，都必須做到快且準。儘管未必能夠防止意外事件的發生，但至少也要將傷者的受傷程度減至最低。這個想法我從此銘記在心。

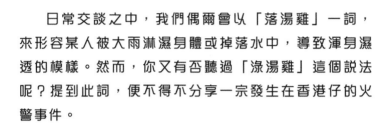

2.2
淥湯雞

日常交談之中,我們偶爾會以「落湯雞」一詞,來形容某人被大雨淋濕身體或掉落水中,導致渾身濕透的模樣。然而,你又有否聽過「淥湯雞」這個說法呢?提到此詞,便不得不分享一宗發生在香港仔的火警事件。

事件發生在香港仔華富邨,當年邨內的一間酒樓發生三級火警。在接獲通報後,我們便火速趕往現場。當日我的搭檔是一名消防隊長,亦即是所謂的「幫辦」。由於酒樓內部起火,而且火勢頗為猛烈,難以在外澆水熄滅,於是那名隊長便決定與我組成「煙霧隊」,進入酒樓內搜索及開喉灑水。

或許有人以為「幫辦」的級別較高,因此不必親身進入火場,但事實並非如此。當火警警報出現時,消防局會按照火警級數,派出至少四輛以上的消防車,而消防隊長就會坐於所謂的「頭陣車」之中。由於消防隊長屬於前線人員,在抵達現場後,除了指揮及領導其他隊員以外,其實有時候也需要在火場內進行救援工作。

佩戴完呼吸器及其餘必要工具後，我與隊長便一同進內，不久後便走到火勢最為猛烈的廚房外部。知道起火位置後，我們隨即提着以花灑狀態出水的喉筆，一路向火勢中心推進。然而，以往的喉筆設計不如現今先進，實際的灑水範圍難以完全掌控，不少水均撒至天花板上。如此一來，當我們灑水救火之時，天花板上的水珠如水簾般落下。可怕的是，因為現場溫度極高，這些水珠其實非常熾熱，加上以前的消防頭盔及防火衣的保護性較弱，這些水珠一滴一滴就如岩漿般滴到我們的耳朵及背上，水珠所流過的皮膚瞬間紅腫脫皮。

　　當時現場的環境極其惡劣，危機四伏，由於周遭視線皆被煙霧蒙蔽，在火勢穩定之前，我們也不能輕舉妄動，只得一直保持灑水。可是，再如此下去，我們恐怕就要被源源不絕的熱水燙傷至死，名副其實地成為「淥湯雞」。這時候，我們瞥見廚房旁有兩個不鏽鋼的架子，急中生智之下，我們將兩個架子靠在一起，形成如桌子般的形狀，再拖進其下繼續灑水，最終避開一劫，並成功滅火。儘管如此，我與那名消防隊長在這次事件中均被嚴重燙傷，事後過了一個多星期才逐漸康復。

其實對於消防員而言，每一次進入火場均是生死攸關的過程。最終能否安全、順利地離開，絕非由彼此的身份與階級而決定，而是在乎雙方能否在危險關頭完全信任對方，以及彼此呼應，互相配合。從此以後，我們兩人均熟悉了彼此的做事方式，在其他火警現場中合作無間，稱得上是肝膽相照。至於火場內的經過，我們一直默默收於心底，沒有向其他同事多說，這次的經歷也成了彼此之間最為獨特且深刻的回憶。

2.3
雨來土掩

　　消防局，一所放置了無數救災設備，且駐有大量專業消防員，儼如鋼鐵堡壘般的建築物。這本該安全無比的場所，卻曾經被一場傾盤大雨弄得幾近癱瘓。接下來這宗事件的案發場地不是別處，正正是香港仔消防局。

　　如今大家所熟知的香港仔消防局位於黃竹坑道，然而在我駐守那個年代，此消防局是位於香港仔大道與塘邊徑之間，是依山而建的一所建築物。

　　事件發生在 1982 年，某天的傍晚時分突然下起暴雨，那時候仍未有所謂的黃、紅、黑色暴雨警告，只知當時大雨如注，直到翌日早上方始停歇。就在雨停後的不久，局內的警鐘猛然響起，代表着有緊急事故發生。當此鐘聲響起時，局內所有當值的同事，無論當下在做何事，正在操練也好、睡覺也罷，總之一概停止，立刻趕至操場上集合，而且不准由樓梯下樓，所有人必須沿銅柱滑落地面。

　　當時我聽到鐘聲後，自然也和往常一樣，藉着銅柱由樓上滑落地面。然而，這次當我滑到底部時，雙腳碰

到的不是堅硬的地面，而是一片濕潤的泥濘。放眼望去，只見整間消防局，包括操場、值日室、魚池、車房、以及附近的休憩地方，全都被積水與泥沙覆蓋。一般人看到此狀，可能還會以為昨夜有數輛泥頭車，連夜將泥土倒滿四周；可在場的所有人均是經驗豐富的消防員，一看之下，無需言明，便明白是昨夜的大雨導致山泥傾瀉，將消防局後山上的沙泥石土沖到局內。

其實原本情況也不算嚴重，畢竟局內每一位都訓練有素，以消防員的體力，將泥土鏟走並非難事。然而，由於事件發生在消防局內，這便導致事件更加麻煩。事因每一間消防局都配有多輛消防車，每一輛消防車下都有一條深深的車坑。當消防車進行例行檢查或需要維修時，我們或工程部人員只需沿梯爬到車坑下，以便有足夠空間檢查車底的零件。正常情況下，這些車坑都會被大約五、六塊厚重的木板蓋着，以免有人不小心掉進坑內，或者倒車時出現意外。當日，這些需要兩個人才搬得動的車坑板，幾乎全都被水沖走，撞穿隔着操場與馬路的鐵絲網，一直沖到大馬路上，其中有不少更已經不知所終。

失去車坑板覆蓋的車坑，當然滿溢着泥沙了，而當時我們也不能通知其他政府部門幫忙，因為以往的山泥傾斜，正正是由消防局去處理，誰曾想到意外竟然會發

與火神搏鬥 三十五年消防生涯事件簿

生在消防局內？呼救無門，我們也只好化身為泥工，整間消防局不分上下、全員動工，像往日的山泥傾瀉拯救一樣，全日不停地將局內所有泥土鏟起、堆好，最後再通知其他部門幫忙把泥土運走，事件才得以完結。

當然，經此一事後，消防局也加固了山邊的圍牆，往後即使再有暴雨或山泥傾瀉，也不會出現同樣的狀況。再加上現今香港仔消防局也已遷址重建，各位也不必為當局的消防員擔心；只是時隔多年後再想起此事，我也仍是忍俊不禁。

2.4
革命性火災

要數香港歷來最為嚴重的幾宗火災事故，1984年的大生工業大廈火災肯定榜上有名，這場驚心動魄的火災，我當年也曾參與其中。

事件發生在香港仔中心以西，雞籠灣以東一帶的田灣工業區內，身處香港仔消防局的我，自然在火災發生不久後便趕至現場。起初這宗火災仍屬於一級火警，但火勢愈燒愈旺，瞬間便升級為三級火警，局內很快便聯繫了區內的其他分局，不停增派更多消防員及消防車到場。然而，即使在場有過百名消防員、近20架消防車一同救災，火勢仍是不減反增，很快便升級至最嚴重的五級火警，連新界及九龍分局的同事也趕到現場增援。就連仍在消防學院受訓的消防隊長，那時也需要來到現場協助救援，說是趁此機會作一次火警實習。據說火勢之所如此猛烈，原因在於該大廈內有大量工廠，其中一些產品屬於高度易燃品，例如噴髮膠、護髮乳、凡士林、塑膠玩具等，一旦起火便一發不可收拾。

猶記得當時為盡快撲熄這場火警，消防車從四方八面包圍整座大廈，有些甚至駛至高處，從上而下地不停灑水。在場的濃煙一度擴散至附近田灣邨，導致近

2,000 名居民需要作緊急疏散。這次的火警整整焚燒了 68 個小時，造成 27 名同袍受傷，而事後我們更要花大量時間清理及調查現場環境，待回到局內時，每一位同事已是筋疲力盡、疲憊不堪。

我之所以會在此處特意提到此事件，除了因為這次火災是為數不多的五級火警以外，其實它更是間接推動了日後消防裝備的一系列改革。

話說由於這次的火警事態嚴重，不少「大 Sir」，即消防處的高級官員，亦有來到現場，例如處長、副處長、總長等，而他們也需要揹上「煙帽」，也即是呼吸輔助器，又稱 BA，進入火場內滅火。結果，當他們出來後，每人都是一副「黑口黑面」的模樣。

為何這樣說呢？其實往日的「煙帽」雖然可為消防員提供約 45 分鐘的氧氣使用量，但同時由於呼吸面罩的覆蓋程度不夠全面，除了氧氣以外，火災現場中的各類有毒氣體也會滲入其中。換言之，這套「煙帽」系統其實未能完全保護我們的呼吸系統，消防員在救火的同時，自身健康也會受損。而「大 Sir」們並非真的「黑口黑面」，而是面部被火場內的濃煙熏得焦黑，整張臉只有眼珠及牙齒是白色，簡直如同包青天一樣。其實當時基本上每一位同事進入火場後皆會變成這模樣，我們

也已見怪不怪，只是連那些「大 Sir」們也如此時，我們也暗自驚訝及佩服，因為這代表他們也是冒上生命危險去執行該次任務的。

此事過後，消防處便提出要將「煙帽」系統全面改革，呼吸面罩內的氣壓會稍微高於大氣壓力，避免外間氣體滲入，令消防員可以免除有毒及刺激性氣體的侵害。另外原本笨重的鋼製的氧氣筒也改為由輕巧的碳纖維合成，一個本來重約 17.5 公斤的氧氣筒改為約 4.7 公斤，不僅大大節省消防員的體力，更提升行動時的敏捷性。此外，鋼製的氧氣筒在高溫且易燃的環境中，若與其他物件碰撞，可能會產生火花，導致現場發生爆炸，令我們面對更大的危險，而碳纖維合成的氧氣筒則不用擔心此問題。所以，這次的「煙帽」改革，可謂大大提高我們執行滅火、搜索和救援任務時的效率。

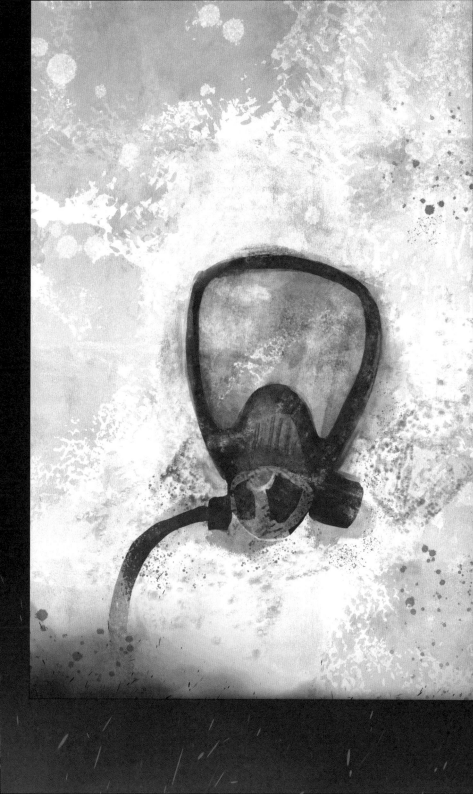

灣仔消防局

1983 年，上環消防局開幕，當時該局需要大量人手，於是各區分局均須派遣消防員到該局駐守。因為之前在香港仔消防局上班路途遙遠，於是我便趁此大型人事調動，向上級申請調區。適逢當時灣仔消防局內出現空缺，局長便將我安排至該局駐守。

在灣仔消防局駐守的 10 年間，港島的地下鐵路不斷發展，而電車也逐漸退出歷史舞台。眼見當年香港電車總站被改建為如今的時代廣場，我也可以說是親眼見證時代的更替。然而，最令我難忘的始終是在此期間所經歷的種種案件。在該局工作範圍雖然與香港仔消防局無太大差別，但事故發生次數卻十分頻

與火神搏鬥 三十五年消防生涯事件簿

繁，尤其是特別服務如跳樓、自殺、工業事故等，期間有不少我至今仍難以忘懷。正因在此經歷過各類大大小小的案件，我才得以累積大量寶貴經驗，救援時也更加得心應手。所以，若將這間消防局稱為行內的「少林寺」，實在不為過也。

2.5
銅鑼灣爆炸驚魂記

在不少人眼中，消防員的工作不外乎滅火與救援，此前所講述的故事，也大多都屬於意外發生後的救災事件，事實上我們的職責範圍可不僅如此。在某些事件中，我們也要負責解決現場潛伏的危機，假若稍有不慎，事件便會升級至極其嚴重的程度，而我們也可能瞬間命喪當場。所以我們在處理這類案件時，每一步皆是驚心動魄，如履薄冰，一點也不比救災輕鬆。以下所講述的，便是我在早年消防員生涯時，所遇過最為驚險的事件之一。

話説這次事件發生在銅鑼灣怡和街一棟名為香港大廈的商住大廈內。當日大約傍晚時分，局內收到一則特別服務通知，內容是在該座大廈內協助警方「爆門」進屋。於是我們便開着「大細搶」趕往現場。所謂的「大細搶」乃我們消防行內的術語，分別指大搶救車（MRU）及細搶救車（LRU），但那個年代其實仍未有大搶救車，而是一輛油壓升降台（Hydraulic Platform）並由消防隊長全權掌控。一般而言。當需要處理特別救援時，「大細搶」便是標準配備。

這次事件中，我是第一批趕到現場的消防員。當時

我從樓梯一層一層地往上走，快要接近事發單位時，忽然看見單位外圍的樓梯邊排滿一堆警盾。當年警方的盾牌是面黑色的圓形大碟，形狀如同美國隊長的盾牌，不過卻是由竹篾和藤條織成。令人奇怪的是，在場只有一排警盾，而警察卻是不知所蹤。待我再在周圍搜索一番時，才發現一群警察躲在另一邊的樓梯處，觀察事發單位的動向。與他們了解事件後，得知原來該單位內有一名男子情緒失控，將一罐石油氣的輸氣閥打開，並在瓶口處捆上一堆吸油性極強的「威士布」，又將易燃的「火水」淋滿地面。為免再度刺激該名男士，警方決定卸下裝備，在旁靜觀其變。

得知此消息後，我頓時心知不妙，當時的環境可謂是千鈞一髮。試想一下，一個密封的空間內積聚大量石油氣，一旦有些微火花便會發生爆炸，在場的所有人均皆難逃一劫。當時所有人皆屏息靜氣，不敢發出半點聲響，而我們同時也迅速開喉，將水灌滿整條消防喉，萬一爆炸，起碼也能灑水保護自身。準備好防護工作後，我便慢慢走近事發單位，試圖與事主溝通，安撫其情緒。當時單位外的鐵閘緊閉，我只好從鐵閘的通花處向事主問道：「老友慢慢嚟，咩事都有得傾，有得講。」

誰料那名事主聽後，劈頭第一句便向我們大喊：「我要炸死晒你哋呢班 XX！」

見其情緒如此激動，我們也第一時間表明身份，說道：「唔好搞錯喎，我哋係做消防嚟㗎。你唔好亂嚟啊！大家都唔想有事發生，你都要顧及你屋企人同埋周遭嘅鄰居啊！」說罷便踏前兩步，向其展示身穿的制服。

那名事主道：「我知你哋喺消防啊，但其他人唔係吖嘛！」又言：「全屋啲人都想我死呀，你哋冇一個係好人呀！」

縱然事主依然十分激動，但透過這句話及以往的救援經驗，我便知道事主仍保有理智，尚未完全失控。於是我隨即道：「大佬我都打份工啫，你唔好搵着我嚟搞呀！你同我傾兩句，傾完兩句冇計傾，我哋即刻走。」

此話一出，事主頓時一靜，過了半響才聽他幽幽道：「消防大佬，今次你哋幫我唔到㗎啦！」

聽到此言，我們便知事主並非真的想同歸於盡，於是便趁機與之攀談，回道：「既然你叫得我哋大佬，我哋點都要幫你啦。不如你講嚟聽下咩事先，你唔講出嚟點幫到你啊？」

深入交談後，我們得知原來事件的起因與金錢糾紛有關，該名事主一生的積蓄被人騙光，走投無路之下便動了尋死的念頭。見事主終於慢慢向我們交談，情緒稍

微冷靜後，我們又道：「錢咋嘛，使唔使死咁大鑊啊，仲搞到屋企成地都係血……」其實事前我們已經得知事主與家庭成員發生爭執，其中有人被事主以菜刀砍傷，而當時地下也是血跡斑斑。我們除了控制事主以外，更需要先將傷者救出，以免傷勢惡化。於是我們開始軟硬兼施放，試圖說服事主開門：「你比我哋了解下傷者既狀況先，我哋知你無心傷人嘅，只係唔小心嘅啫。」，又言：「但係你一定要開門，否則我哋夾硬爆門入嚟，你之後都要維修度門㗎。」

事主聞言後道：「係呀，我真係無心㗎！」其後又講一大輪他所謂的「道理」，而我們當時只想平復其情緒及讓其開門，只好順着他的話連聲稱是，表示明白其苦衷，並向其保證除了我與另一名搭檔以外，沒有人會進入屋內。事主也逐漸放下戒心，小心翼翼地走近門邊，準備拉開鐵閘。

當然，我們進去後絕不會單單只救出傷者，有許多步驟皆要同時進行，例如將洩漏的石油氣封好，以及讓事主遠離現場所有能夠生火的工具。由於我處理這類事件比較有經驗，所以主力會負責鉗制事主，至於傷者及其他事宜則由另一位同事負責；而我們事先也已經和其他同事及警察以手勢達成共識，當我們進內並發出口號後，所有人皆會一同行動。然而說易行難，現場的狀況瞬息萬變，在電光火石之間做出正確的判斷及行動，許

多時候還是要依靠以往事故，以及平日在局內的無數次訓練所累積下來的經驗。所謂熟能生巧，正是此意。

就在事主開門後，另一名同事首先進內照顧傷者，我也緊隨其後。由於當時事主一手緊握着打火機，一手將一把染血的菜刀架在身前，並且具有警覺性，想盡快將門關上；於是我口中一邊道：「老友定啲嘛，唔使擔心。」一邊將腳伸至門縫間，將鐵閘卡住，而消防靴由於用料堅硬，保護性強，即使被鐵閘大力夾到腳部也不會受傷。事主見狀後自然口中呼嚷不斷，並試圖將鐵閘閉上。就在其雙手垂下之時，我便趁機抓住其雙手，防止他點燃打火機，並瞬間將之按在牆上。單位外的同事及警察聽到屋內的傳出聲響後，彈指間便蜂擁而至，合力將事主制服，事件至此也告一段落。

儘管事件已然平息，但其實事後我也擯有餘悸，整個過程雖然只有 2、30 秒的時間，但卻足以影響數十人的生命安危。要知道，當年香港大廈下方的怡和街可是十分熱鬧，即使到了凌晨一、二點也是人頭攢動，假如當時處理稍有失誤，不僅現場所有人會化為飛灰，同層的單位以及樓下的行人也會受到波及，後果不堪設想。這件事件後，我與那名同事皆得到上司的讚揚及同事的認可。從此每逢有特別服務，「大細搶」兩車之間的「先頭部隊」必然有我的位置。

與火神搏鬥 三十五年消防生涯事件簿

2.6
工地分屍案

　　以下要講述的，是宗極其慘烈且血腥的意外事件，即使現在我已退休，腦海中仍會不時浮現當時那些令人毛骨悚然的片段。當年的事發地點是大潭的一處地盤工地，該處現已建為一座大型的豪宅屋苑，為免引起如今居住該處的人不安，在此就不言明該屋苑名字。

　　當天大約深夜十一點，局內接獲一則特別服務通知，說是大潭的建築地盤有人從高處墜下，於是「大細搶」再一次出動駛往現場，而作為「先頭部隊」的我自然也在其中。到達現場時，只見該工地位於山邊，而近山坡處圍着一排石壆。細看之下，其中兩座石壆竟被鮮血染得通紅，而地上放着兩堆血肉模糊的殘軀，依稀能辨認出殘軀的衣服，是地盤工人的反光工衣。這場意外發生時正值寒冬，凜冽的冬風在空曠的工地上呼呼作響，場面實在可怖。

　　當時在場的建築工人告訴我們，死者是該工地的兩名「判頭」，他們在高空巡視棚架外圍時，棚架突然意外倒塌，兩人從大約 18 層高的高空處墜下，而且由於落地時身體撞到石壆，約 200 磅軀幹在猛烈衝擊之下，如同被五馬分屍般碎成數塊，某些更滾落至山坡上或山

邊的樹林中。至於我們的工作，就是要負責找回該兩名死者的殘軀，並交給救護人員將之拼湊完整，最後再送往醫院。基於消防員的專業責任，除了某些較小且難以尋回的部分，如內臟和肌肉碎塊之外，所有殘缺的肢體我們都需要盡量尋回，而在此之前我們都不可以離開現場。

該次的行動分為兩組同時進行，一組由消防隊長及其他同事負責在地盤與其他地方搜索，而我則與一名剛剛從學院出班的師弟在山坡及樹林間搜索。月黑風高的深夜裏，「撿屍」工作就此展開。

我仍記得當日是那名師弟正式上班的第二天，初來乍到便逢此駭人事件，加上搜索時周遭環境漆黑一片，雖說有照明工具，但那年代的工具性能普遍較差，在場的能見度有限。那名師弟想來也是被嚇得不輕，我仍記得他一邊搜索，一邊戰戰兢兢地向我問道：「師兄，其實你驚唔驚啊？」我隨即反問：「有咩好驚啊？」見他如此害怕，我便繼續道：「唔單止唔值得驚，仲反而應該覺得光榮，因為我哋依家係幫人處理善後嘅工作，相信事主在天之靈都會感激我哋。」話音剛落，一條殘斷的大腿便出現在身前，於是我們二話不說便將之撿起，儘管大腿上的血已被風吹乾，不再有鮮血流出，但觸碰時仍是濕潤一片，這觸感實在難忘。隨後我們拿出一塊黑色如帆布般的救傷毯，將那條大腿層層裹住，再以皮

帶將之捆在一支從地盤撿來的竹子上。由於那條大腿屬於一名近 200 磅成年男子，所以其重量也是不可小覷的；加上山坡上泥沙漫佈，難以走動，所以我們兩人半爬半走地才將其搬回工地，再放進救護車內拼湊。至於為甚麼要特意帶進救護車呢？一來救護車上有專業的救護人員負責拼湊，二來假若將之就此放在工地上，一般市民見到後難免也會有心理陰影。

整個事件中，我們花了幾個小時才將屍塊盡數撿回，但完成後我們也要在現場要蒐集資料，包括事件起因、過程，以及工作時每一個過程也要作記錄；因為在必要時，我們需要到死因裁判法庭出席研訊。我們在臨走時，見到兩名死者的家屬來到現場認領遺體，適逢其時天空下起淅瀝細雨，哀嚎痛哭之聲伴隨着蕭蕭風聲，響徹整片工地，場面一時慘不忍睹。當下我確切地感受到親人離世的悲痛，以及生命是何等的脆弱。

2.7
長命船火

　　正如先前所言，消防員的工作範圍其實遠比一般市民所知的多，不止陸地上發生的火災，有時候當海上的船隻着火時，我們也需幫忙滅火。其實消防處在香港各面水域皆停泊着多艘消防船，又稱滅火輪，當海上發生災難事件時，這些消防船就會出動，在海上進行滅火及救援服務。

　　有人可能會想：反正火災發生在海上，即使火勢再大也不會蔓延，更何況有消防船幫忙滅火，那麼這些事件有何好說的呢？其實這些海上火災的嚴重程度絕非想象中簡單；以下講述的這宗事件雖不算十分驚險，但相信大家看過後，多多少少也能增添一點消防知識。

　　話說往日香港製造業發展蓬勃，其中製衣及紡織業更是出口收益最大的行業，不少在本地生產的針織及棉織品都會運往海外各國。由於當時這些棉織品每日的出口量甚多，自然也需要進口大量的棉花以作材料，而出現該次意外的，便是一艘載滿棉花的大型貨運船。

　　早在該艘貨運船仍未正式進入香港水域前，我們已從控制室的報告中得知，肇事船隻底部的船艙中已有大量棉花正在焚燒，而船艙頂層封有多片鋼製的甲板，以致氣流不通，整個船艙有如巨型焗爐般，令火勢不斷加劇。其實該船先前已駛過多個東南亞國家，但它們均無力處理這次事件，於是船長決定加速駛往香港。當時香港除了是世界各地的自由港，其消防設備的精良程度也比大多國家先進，因而更有能力解決該事件。

　　至於為甚麼當時許多國家皆對這場船火束手無策呢？原來跟那些棉花的包裝方式有關。這些一片片的棉花既非筒裝也非盒裝，而是像回收廠的廢紙般，堆疊起來後，再以繩子捆緊成一個約 1.5 立方米的正方體。正因如此，當這些棉花團着火後，我們無法將其逐層拆開，從外灑水也只能淋熄外部的火焰，其內部仍在燃燒，不久後整團棉花又會重新起火。當時船上的工人甚至嘗試以大型吊臂將這些着火的棉花團扔進海中，可是由於棉花的密度低，故會一直浮與海上，持續燃燒。再加上由於經過壓縮及捆綁，這些棉花的燃燒速度比一般紙張慢得多，因此該場火災要比一般火警更為長久，焚燒時也會產生更多濃煙。

當時其實我們對這場火災也沒有特別的處理方式，只能不斷派遣同事到該船的船艙內外灑水。以前我們工作時間以班計算，每班共長 24 小時，且分為 A、B 隊兩對輪流替更，而那場火災我們局內每人都至少工作了三更以上，足足用了幾天時間才徹底將火澆滅。記得那幾日間每個人的臉部及雙手皆如鍋底的炭焦，被濃煙熏得焦黑，而且那些棉花燒出的煙更會使皮膚瘙癢無比。所幸事件中並沒有同事受傷，但這次火災難纏且棘手的程度，令我至今印象猶深。

2.8
地盤血井

　　自上世紀七、八十年代以來，香港一直以繁榮著稱，四處皆是高聳入雲的高樓大廈，城市基礎建設之齊全也領先於許多國家，是一座高度現代化的先進都市。然而可曾想過，如今所見的繁榮，其實得來不易。全靠一群建築工人夜以繼日地工作，一座座高樓才得以拔地而起。尤其往日地盤工作仍未機械化時，每一座建築皆是工人體力勞動後的成果，期間他們不僅揮灑汗水，有時更以鮮血，甚至是生命作為代價。

　　當年這起事件發生在維多利亞公園對面的摩頓台，當時該處的建築工地需要進行一項名為「沉箱」的建築工序，而一名工人正在這項工序中喪命。「沉箱」在八、九十年代極為盛行，由於在建築樓宇前，需要在地下放入鋼筋混凝土管柱以作地基，而工人們便要以人手挖開泥土，一直深入地下，深度甚至可達數十呎，形成一個圓形的深井。進行此項工序時往往需要兩人合作，一人會進入一個以鐵鏈懸吊的圓桶形沉箱內，另一人則負責在上方照看並以電動滑輪操控沉箱升降。據我所知，當年進行沉箱工序的工人，大多數皆為親屬，因為這項工序講求兩人有足夠的信任。試想一下，當一人向下深挖幾十呎時，只要上方的人稍有疏忽，即使只掉下一顆小石子，其衝擊力也足以讓人腦袋開花。

這次意外的起因，是當上方的工人將挖出的泥石以鐵桶吊上來時，鐵鏈因為過舊而斷裂，整桶泥石從空中落下，落下的泥石頓時砸到下方工人的頭上，而他也就此魂斷井底。由於當時的深洞下方存有大量積水，該名死者又大量出血，鮮血與泥水混雜成一池血水。從上方向下望，該處宛如一口幽深的「血井」，令人不寒而慄。我當時的工作，便是從上方吊進該洞內，將死者撈起。當我下到洞底時，瞬間便聞到濃烈的血腥味，而那名工人正伏在地上一動不動。其實此前我們仍未能判斷他的生死，但當我靠近並抱起他的軀體時，即發現他已失去生命跡象，當下心知他已斃命。隨後我們便將其搬回地上，並交由救護人員處理。

事件至此已告一段落，而在此以後，香港便立例禁止手挖沉箱，地盤的地基打樁工作全由機械代替，「沉箱」這一工序就此成為歷史。我在此希望透過這宗工業意外，讓更多人明白當年在地盤工作的危險性。「注意安全」四字雖然老生常談，但卻是重中之重。無論平日工作時有多努力，只要有一次意外發生，便足以奪走你擁有的一切，切記、切記！

與火神搏鬥 三十五年消防生涯事件簿

76

2.9
東角道自殺案

在火災、車禍、工業意外、山泥傾瀉等種種緊急情況下搶救人命，是消防員份所當為之事。每一次的救援行動，我們都盡力、盡快、盡心地幫助在場人士，只為將傷亡人數減至最低。然而在這些事故中，卻有一類人士我們即使再有心也無力回天，那便是一心尋死的自殺案。

在我的消防生涯中，曾遇過無數宗自殺案，以下要講述的便是其中之一。為何要特別挑出以下這宗事件呢？且聽我娓娓道來。

事發當日約下午四、五點，局內傳來特別服務通知，據報銅鑼灣東角道一棟住宅大廈內懷疑有人自縊。我們到達現場後，從報案者口中得知其兒子，亦即事主一直反鎖房門，其家人曾多次拍門，但卻毫無反應。一般發生這類事件時，我們都會首先鑑貌辨色，根據在場的人的臉色及語氣，判斷事發時間及現場狀況。假若在場人士顯得異常焦慮且惶恐不安，代表事情剛剛發生；若是語氣低沉及面色沉鬱，很多時候代表他們已經隱約知道內情。當時那單位住戶的反應正是後者，所以我們心裏也明白，房內恐怕已生事故。

簡單了解狀況後，我們隨即拿出工具準備「爆門」，雖說是「爆門」，但由於不諳房內情況，事主有可能暈倒在門邊，假若大力推開房門，他可能加速創傷，所以整個過程我們必須小心翼翼地進行。推開房門以後，我們便見到一名男子懸吊於房間中央，拐頭向下，臉色蒼白，深紫色的舌頭從嘴裏伸出，肢體僵硬且冰冷，經過檢查後確認已經死亡。按照程序，一名同事會負責解繩，即以工具將繩子割開，其他同事則負責抱住死者的屍體並將其放下，而這項「抱屍」工作，當時便由我負責。

由於當人上吊以後，繩子會緊緊勒着氣管，導致喉嚨以下大量所謂的「死屍氣」積存，一旦鬆開繩子，這些氣體便會從屍體口部處噴出。倘若站在死者身前，不免會吸入大量「死屍氣」。於是我走至死者身後準備將其抱起，就在我嘗試抱起死者的一刻，我心底不禁一驚。那名死者看起來只有 20 來歲，而且體型也不算肥胖，但居然出乎意料地沉重，我費盡力氣才能將其抱起。將那名死者放下後，只見他生前穿着一件薄外套，外套之下微微隆起，觸手處異常堅硬。待我們掀開後，才發現原來那名死者將多塊舉重訓練用的啞鈴片，捆在全身各處，增添身體重量，加快死亡。

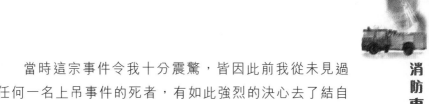

　　當時這宗事件令我十分震驚，皆因此前我從未見過任何一名上吊事件的死者，有如此強烈的決心去了結自己的生命。事後，我們從死者家人口中得知，原來死者為情所困，一時想不開才決然尋死。而他當時才剛從大學畢業，正值大好年華，實在令人惋惜。親眼目睹這宗悲劇以後，我便對自己承諾，即使日後遇到再多的困難與挫折，也要欣然面對，而這信念的確也助我撐過日後人生中的難關。關關難過關關過，世上沒有過不去的難關，希望年輕的讀者閱畢後能引以為戒，好好珍惜生命。

西貢消防局

1993 年 3 月，消防處總部傳來升遷通知，告知我將會被調派至西貢消防局駐守，並正式升級至消防隊目。那年是我在消防局工作的第 12 個年頭，我在灣仔消防局已駐守了 10 年有餘。記得臨別前，我與灣仔消防局的同事在閒談間分享自己的煩憂，他們聽後卻笑道：「信我喇，你實做得開心，直頭開心到唔想走！」「開心到唔想走」這句話，當時我也只當作玩笑，直到 10 多年後，在我離開西貢消防局時，才深有體會。

放了兩更的假期以後，我便正式前往西貢消防局報到。初來乍到，首要任務當然是先去與該消防局的局長，又稱助理區長會面。局長與我暢談他過往的經歷。言辭之間得知，原來他以往也曾在香港總區工

與火神搏鬥 三十五年消防生涯事件簿

作，他坦言新界區的工作模式比較「入鄉隨俗」，而且「去車」，即執行任務的機會甚少，除了要記熟附近各處山峰名稱、上山路線及水源位置以方便救援外，便無甚特別，與香港區消防局的工作實在相去甚遠。也許是察覺到我的不安，臨走時局長特意走到我面前，搭着我的肩膊道：「你喺灣仔出得嚟，所謂『爛船都有三斤釘』，我相信你嘅做事能力嘅！」見局長對我如此信任，我也信誓旦旦地向他承諾：「我一定唔會令你失望。」

所謂言出必行，後來的 10 年間，我在每一次行動中均是不辭辛勞，竭盡所能地進行救援，親身以行動兌現了當初的承諾，以下幾段經歷，便是最佳的佐證。

2.10
人生轉折點（一）

　　一如同事與局長所言，新界區消防局的工作確實相對較為輕鬆。以往駐守灣仔消防局時，每天馬不停蹄地外出執行任務，如今的工作量卻幾乎只有往日的十分之一。在西貢消防局駐守的首半年間，幾乎沒有令我印象深刻的任務，工作日子就此周而復始，渾渾噩噩地過去了。

　　每到夜深人靜時，我總會坐在西貢消防局的操場上，一邊抬望星空，一邊思考未來的人生路向。適逢其會，當時香港正面對九七回歸議題，一時人心惶惶，不少人皆考慮移民他鄉。記得曾有朋友邀請我一同到美國工作，我猶豫再三後還是選擇留在香港。雖然如此，但心中對於人生、對未來的疑惑卻是日漸俱增，甚至開始懷疑自己究竟應否繼續擔任消防一職。直到後來經歷了兩宗高山救援任務，我才漸漸找到新的人生路向。

　　某天的黃昏時份，局內的控制室久違地傳來通知，據報有數名外籍人士於西貢郊野遠足，行經西灣山至吹風坳時中暑休克，需要消防員到場救援。聞訊後，我們也隨即出動「大細搶」趕往現場。然而，當年的西灣路仍未完全鋪上水泥，故此消防車只能在西灣亭附近停

與火神搏鬥 三十五年消防生涯事件簿

下，而我們則需揹負大量救援裝備，踩着約一米闊的泥石小路步行至事故現場，過程甚是艱辛。

走了約 45 分鐘，我們才到達現場，當時只見兩、三名外籍人士圍在傷者身旁，而傷者則躺在地上，臉色蒼白且大量出汗。在此情況下，最佳的處理方式自然是將他盡快送院治療，但當時位置偏僻，消防車或救護車也難以駛近，我們只好先為其降溫及補充水分，並通知局內的升降台主管要求出動直昇機到場。

我曾經懷疑自己究竟應否繼續擔任消防一職，在經歷了兩宗高山救援任務，漸漸找到新的人生路向。

在 1993 年以前，政府飛行服務隊尚未成立，假如發生緊急狀況，消防處需要向皇家香港輔助空軍請求支援；而空軍一般會根據當日的天氣狀況及風向，再判斷是否出動直昇機協助救援，整個過程起碼需時 45 分鐘。在此期間，我們除了照料傷者及等待直昇機以外，也別無他法。經過漫長的等待後，一架韋薛斯式中型軍用運輸直昇機終於到達現場，將傷者送院。

次日一早，當我翻閱報紙時，方知原來那名傷者是外國醫生，而他送院後也證實不治。該次是自我到西貢消防局以後，第一宗執行的高山拯救任務，最終以此收場，內心難免感到遺憾與惋惜。原本看似輕微的事故，最後竟然危及性命。儘管此前在多次任務中已見慣生死，但心中仍滿是無奈之情。當刻，一個念頭開始在我腦中不住迴盪：「原來行山都會出事。」

2.11
人生轉折點（二）

　　自上次高山拯救任務的兩個月後，再一次有郊遊人士於西貢郊區發生意外，請求消防處進行高山救援。在我的消防生涯中，曾執行過的高山拯救不下百宗，但誰能想到這一次的救援任務，竟然徹底改變了我的命運軌跡，成為我人生中最大的轉折點。

　　這次意外發生於傍晚時份，在西貢蚺蛇尖與東灣山之間，一座名為米粉頂的小山丘上，某位行山人士因意外導致骨折，難以行動。由於事發現場位於郊區，消防車無法直達，於是我們便在北潭坳下車，準備從該地步行至米粉頂。

　　走到北潭坳一帶，只見一名身穿運動裝束的男子在遠處向我們揮手，上前一問，才知道原來他便是該名傷者的同行夥伴，由於當時通訊不便，他擔心我們未能準確找到意外發生位置，故此早已在此等候多時，為我們引路。再仔細追問，原來這名行山人士本已在山上走了整個下午，意外發生後，他更獨自從蚺蛇尖跑到鹹田灣，在小賣部處借用固網電話報警後，再跑至北潭坳等候我們。然而令我驚訝的是，當時這名行山人士卻絲毫未現倦態，更一直走在我們前方領路。

不僅如此，雖說我們消防員當時也要背負不少急救用品及裝備上山，但平日訓練有素的我們，上山救援時的速度卻遠遠不如該名行山人士，而且距離更愈拉愈遠。當時的山路還未鋪上水泥，沿途泥沙滿佈，不便於行，再加上天色昏暗，不諳山途的我也就走得更加吃力，但那名行山人士腳下步伐卻不見減慢，反而愈走愈快。望着他的背影漸行漸遠，心中滿是不解，暗想：「咁辛苦仲走去行山，係咪傻傻地呀？」雖然當時早已走得氣喘不已，但想到先前外籍醫生失救事件，我也不敢有怠慢，只好硬着頭皮緊隨其後。

不久後，我與那名行山人士率先到達現場，而同行的消防同事仍遠在後方。為傷者作簡單包紮後，我不禁向他們問道：「做咩咁夜仲行山啊？」「冇啊！見個風景幾靚，咪放假走去行吓囉，點知唔小心整親。」那名傷者笑着回應。聽後我卻更加茫然不解，當時四周漆黑一片，何來美景一說？我並無繼續追問，待同事們到達現場後，我們便將傷者放於一張摺疊式的凳子上，再慢慢將其抬至赤徑，乘消防船到黃石碼頭後，再將他送院。儘管路途波折，但總算是順利救出傷者。

雖然救援成功，但當晚回到消防局後，陣陣強烈的痠痛感慢慢從雙腿傳來。那時，我才深深體會到自己在體能上的不足，而想到自己身為專業的消防員，在救援

我（左二）曾成功推動消防局內上下包括局長、隊長與隊員共 20 多人，在下班後一同行山、跑步。

時竟落於人後，自是心有不甘，同時又對那名行山人士所說的「風景」充滿好奇。於是，次日上班時，我便向同事打聽昨晚救援的路線及山峰名稱，決心再次上山挑戰。

當日下班後，我在西貢圖書館以 18 元買下西貢郊野地圖，揹上乾糧和食水，便乘小巴前往北潭凹，再從該處上山。雖說該路段已走過一次，然而這次我才驚覺，該段山路實在比印象中更崎嶇難行，昨日若非有行山者引路，自己決不能如此迅速到達現場。

幾經辛苦，終於行至蚺蛇尖，放眼望去，西灣海灘、鹹田灣、大浪灣、大灘亞東灣、蚺蛇灣、塔門、黃石碼頭、東坪洲全都歷歷在目。一條蜿蜒曲折的海岸線將山海隔開。重巒疊嶂，碧海青天，此刻盡收眼底。這時我方始明白，為何一眾行山人士即使頂着炎炎烈日，也要攀山涉水來此。想到人們將西貢稱為「香港的後花園」，我也不禁深有感觸，自己既然有幸來此駐守，何不趁此機會好好探索這片郊野呢？

從此，每星期下班後，我都上山尋訪更多自然風光，同時當作訓練體能，以便日後進行高山拯救。與此同時，每次上山後我均會默默記下不同山峰的特點，其後在地圖上標出不同的路線、地標和注意事項，以供同事在高山拯救時作參考之用。而最令我引以為傲的，便是成功推動局內上下包括局長、隊長與隊員共 20 多人，在下班後一同行山、跑步，甚至後來參與毅行者比賽，從此開展我的越野生涯。當然，這又是另一個故事了。

2.12
27號海盜船

假如大家曾到主題公園遊玩，相信對於「海盜船」這項機動遊戲不會陌生。但你可曾想過，除了遊樂場以外，當年西貢消防局也有一艘讓我與同事聞之色變的「海盜船」？

話說這是一宗發生在海上的事故，某年冬夜，一艘來自內地的漁船在香港東面水域沉沒失蹤。正如先前所言，消防員的工作可不止滅火而已，一旦發生特殊海上事故，例如當海面上發生墮海或沉船事故時，消防處也需要與警務處合作，協助水警在海面上巡邏及搜救傷者。

由於西貢設有水警基地，一般情況下我們會乘消防車去到水警基地，再乘水警輪前往西貢內海一帶進行搜救。然而，該次事故發生於東坪洲、塔門一帶水域，故此我們當時便直接前往黃石碼頭與水警會合。

抵達黃石碼頭後，只見一艘水警輪早已泊在碼頭旁，準備接載我們上船。我仍清楚記得那艘水警輪的編號是 27 號，而這艘 27 號水警輪，將為我們帶來一次難以忘懷，堪比「海盜船」的驚險體驗。

每到冬季，東北風起，塔門一帶水域總會海浪翻騰，而該夜的風吹得尤為猛烈，海上更掀起層層巨浪。早在得知要前往海上執行任務時，我與一眾同事便心知不妙。在陸地入火場、上高山我們絲毫不懼，但說到要乘船出海，我們心中卻都是叫苦不迭。皆因長年在陸上工作的我們，一到載沉載浮的船上，都無法避免一個狀況——「暈船」。

其實該次已非我們第一次乘上這艘 27 號水警輪，在以後的經歷中，每上此船都必有同事暈船嘔吐，弄得甲板滿是嘔吐物，臭氣熏天。臭味還是其次，這些濕漉漉的嘔吐物，更可能令水警們在觀察海面情況時滑倒，可說是十分危險。因此每當任務過後，水警們都需要大費周章地以水喉徹底沖洗甲板與船身，以防萬一。

該次我們一踏上船，水警們便手持大量膠袋走到我們身旁，一臉為難地道：「師兄啊，我哋呢度有好多膠袋啊，你唔好介意啊，有咩事就用嚟接住喇，幫幫手唔該晒！」鑑於前事，我們都深感慚愧，只好默默接下膠袋。

眼見該夜水面波濤洶湧，同事們皆是眉頭深鎖。此時，有同事打趣地道：「嗱，不如我哋睇吓今日邊個嘔先，邊個嘔得最遲，如果有人唔嘔，我哋就請佢食飯喇！」

與火神搏鬥 三十五年消防生涯事件簿

同事們聽後頓時精神一振，紛紛贊同，所謂「苦中作樂」便是此意。

　　然而，現實注定不如人意。該夜的駭浪排山倒海般不停奔流，船隻隨浪而行，時高時低，或左或右，搖晃顛簸不止，簡直有如置身於遊樂場中「海盜船」般。四、五個小時後，我們一行 12 人，無一幸免，全都暈頭轉向，吐得雙腳發軟，彷彿連胃底的陳年舊菜也盡數嘔出。當然，任務最終也順利完成，只是往後再提起「27 號水警輪」時，那些同事，包括我自己，也會不其然地想起這次的「集體嘔吐」事件而暗自心驚。

2.13
焚香驅臭

　　以下要講述的，是一宗上吊自縊的特別服務案。這宗事件既非驚險，亦非有趣，之所以在此重提，只因此案令我聞到有生以來最難以忍受的「異味」。

　　話說這次事件發生在西貢公路旁的一條小村內，該村的名字我已忘記，但仍記得入村時，曾經過一座名為「廖氏家祠」的祠堂。由於局內只派出了一輛「細搶救車」到現場，而我自然也成為了該次行動中的現場主管。當時我與一眾隊員入村後，便隱隱聞到一股莫名的臭味，愈靠近事發的小屋，臭味便愈加濃烈，像極所謂的「死老鼠味」。

　　在消防工作多年，對於這種氣味我也並不陌生，簡單而言便是屍體腐爛所發出的臭味；而當時的味道如此濃烈，甚至透門而出，料想屋內事態定非尋常。於是我們便向村內的居民詢問狀況。一問之下，才得知原來臭味的源頭，來自一間約兩米高，一百多呎，以瓦鋪頂的鄉村小屋。該小屋只有一位獨居的老太太居於其中，但近來已不見多時，屋內也日漸傳出惡臭。

了解現場環境後，我們已心知屋內的老太太恐怕早已離世，然而職責所在，仍須進內調查。雖然該屋的大門緊鎖，但始終屬於舊式門鎖，我們以萬能斧兩三下便將其撬開。推開門後，屋內堆積已久的臭味瞬間撲鼻而來，其惡臭簡直就像現場堆滿上千隻發臭的老鼠屍體，嗆得我們乾嘔不止，連忙以手掩鼻。縱然此前我也曾聞過不少屍臭味，但如此濃烈且刺鼻還是頭一回遇到。

　　強忍着濃烈惡臭，我開始觀察屋內環境，只見內裏十分昏暗，只有微弱的光線自窗間的縫隙照入，屋頂橫樑上掛着一條相信是自縊用的麻繩，但繩圈卻是空蕩蕩，不見掛有屍體或殘軀。正當我感到奇怪時，再低頭一望，赫然見到地上有一攤宛如水泥般的褐色肉醬，上空有蒼蠅不斷徘徊，而不遠處更放着一大堆頭髮。待細看之下，才知道原來那堆頭髮之下，便是該位老太太的頭顱。想來她死後本吊於繩上，但後來屍體腐爛，日漸下垂，終被繩子割得身首異處。

　　縱然現場環境駭人，但我們也需進內調查。然而，屋內的惡臭卻是一大問題，倘若就此進去，恐怕走不了兩三步便會作嘔不已。此時，我忽然記起以往消防局老前輩曾告訴我的方法。於是，我立即讓同事向附近的居

民，借上平日拜祭用的線香，打算以此燻走屋內的臭味，結果此方法果然奏效。我們借來了一大捆約手腕粗的線香，並持之走近屋內，臭味雖然仍在，但已大大消減。在現場簡單紀錄狀況後，我們便叫來黑箱車處理該位老太太的遺體，而事件也告一段落。

事後回想，假如當時沒有想起消防前輩的教誨，這次的事件不知要花多長時間才能解決。俗話說：「薑還是老的辣」果然不無道理。

消防事件簿

馬鞍山消防局

　　不知不覺間，我在西貢消防局已駐守 10 年，2003 年，由於馬鞍山消防局有消防總隊目，亦即所謂的「老總」退休，而我也被調派至該局駐守，並正式升職至消防總隊目。其實此前的 3 年間，總部曾一度想讓我升職，而我都婉然拒絕，原因除了眷戀着西貢郊野的絕美風景外，更多是出於對那群工作時一同出生如死，休班時一同暢遊郊野，共戰毅行的同事的不捨。當年灣仔區同事曾言我將會「開心到唔想走」，果真一語成讖。

　　話雖駐守馬鞍山消防局，但其實倘若新界東各區出現人手不足的情況，身為總隊目也需前往各處增援。工作多年，我深知同事之間的默契，對救援工作是何等的重要。因此去到馬鞍山消防局以後，我便一繼前局遺風，鼓勵同事們一同進行團體活動。每當下班後，總有不少同事會隨我跑步、行山。期間一眾同事的體能大大提升之餘，對附近的山勢也更為熟悉，執行高山拯救時自然更得心應手。

2.14
星星之火

　　為更好地應付各種事故，消防處會根據意外性質，給予我們相應的指引及工具。然而，所謂「意外」，自然是意料之外的事。每一次消防行動，我們都需根據現場環境作出適當的安排，因此臨場的應變能力必不可少。能夠在瞬息萬變的事故現場中「執生」，自可大事化小，小事化無。以下所講述的事件，正好反映臨場反應的重要性。

　　事件發生於馬鞍山某個屋苑內，據報事發單位懷疑因爐火烹調不慎而引發火災。正常情況下，消防局會派出一輛泵車、一輛旋轉台鋼梯車、一輛油壓升降台、一輛細搶救車及一輛救護車，又稱「四紅一白」處理這類火警。然而不巧的是，當時局內的泵車、鋼梯車及升降台皆被派往他區執行任務，只能再聯繫其他分局湊齊消防車組。由於其他分局的消防車趕路需時，而救援任務刻不容緩，於是連我在內共六名消防員，只好先乘細搶救車趕至現場。

　　抵達事發單位時，只見屋內濃煙已瀰漫至走廊，可見火勢已逐漸加劇。當時我們六人立即分頭行動，其中二人負責破開大門，一名本來只負責駕駛消防車的同

事，則負責將兩副「煙帽」從車內搬至現場。至於我與另外兩名同事，自然負責灑水滅火。然而，由於當時現場只有一輛細搶救車，而車上的工具主要用作爆破及搜救，並沒有消防喉及水泵。於是我們當機立斷，將目光轉移至該樓宇的消防喉轆系統。在隊員們互相配合下，敲碎火警鐘、打開水閘、拉展喉轆，射水滅火，整個過程一氣呵成，終於在極短的時間內將火種澆滅。隨後我們通過無線電，將現場狀況告知其他車更的同事，待他們陸續到達並簡單紀錄後，事件便得以完善解決。

「星星之火，足以燎原。」可別以為這只是宗無關痛癢的家庭火災，任何一宗火災事件，只要處理稍有不慎，隨時演變成災難級事件，波及整棟大廈的人命安危。除了人命以外，消防條例中列明，當火警或其他災難發生時，市民的財產也是我們的保護對象。正如這次事件，即使當時現場沒有市民，但我們依舊盡心盡力，在缺乏足夠工具的情況下，只靠一個車更的人數便迅速解決事件，免卻許多不必要的財物損壞，這便是我們消防員時常掛在口邊的「專業」之意。

2.15
含冤莫白

　　在我的消防路途上，並非事事一帆風順，偶爾也會遇上挫折與打擊。以下所述的，便是一宗令我當時深感委屈，耿耿於懷的事件。

　　話說當日將近深夜時份，控制室突然傳來通知，據報有人發現大水坑至梅子林一帶的山邊出現火光及煙霧。由於事件疑似山火，消防局便先派遣一輛泵車到現場取水及初步進行灑水，假如火勢不猛而覆蓋範圍又不大，通常都能就此快速撲滅火災。當然，倘若火勢加劇，負責該車的主管也可「升燈」，即提升火警級別，並要求局內派出增援隊伍。一般情況下，局內的泵車都由消防隊長負責主管，由於當時人手不足，身為總隊目的我便頂替其職，成為該次行動中的指揮者。

　　一般市民可能不清楚，其實在未引入如今人們熟知的新型「黃金戰衣」以前，消防員的滅火服共分兩套，一種是用於大部分災難現場的深藍色「碧士圖」防火衣，另一種則是只在處理山火、不涉及爆炸、危害物質風險的任務時使用的橙色「普班」野外滅火消防服。由於兩種制服用處各有不同，而消防處亦有明確指引，故此我們亦會嚴遵守則，按照事件類別，換上相應的制服。

由馬鞍山消防局到大水坑及梅子林一帶，路程大約只需五至六分鐘，期間我們一直與控制室聯繫，一再確認是山火事件後，我們便換上專門處理野外滅火工作的橙色消防服。然而，就在一眾隊員剛換好衣服，泵車也剛好抵達現場時，竟然發現原來該次事故並非山火，而是一輛停泊在路間的旅遊巴着火，火勢更是甚為猛烈。

　　試想一下，如果你身為消防員而當時身處此情此景，會選擇先滅火救災，抑或先回到車上更衣？答案相信不言而喻。當時我和一眾同事下車後，自然也不假思索，各司其職，互相配合，頃刻之間便將火災撲滅。事後在現場初步調查後，我們便將事件交予警方作後續處理，然後便打道回局。

　　一如既往，每次當我們外出執行任務後，回到局內皆需第一時間清洗或替換所有用過的救援工具，而泵車內的消防水缸也需重新注滿，以便下次能迅速外出救援。正當我們的回到局內，剛將泵車泊好，預備善後工作時，局內的長官卻直接從二樓打開窗戶向我喊話，命令我立即上樓。

　　起初我還以為長官只是叫我交代事情經過，誰料一進辦公室，便聽到滿耳責罵聲。那時我才知道，原來剛才一系列的救火行動，已被電視台現場直播，而局內長官們也有留意此事，但他們留意到的地方卻非我們的工

作表現，而是那件橙色的消防服。長官認為，執行任務時，我們並未按規定換上指定的消防服，顯得行動草率，有損消防處形象，因而大為不滿。然而，當時我們一來並未看到記者在場，二來就算看到，救火仍是當務之急，需先行處理。於是我便向長官解釋整個行動的來龍去脈，可是他們一時怒火中燒，對於我的解釋置之不聞。見其如此橫蠻無理，儘管我當下深感不忿與委屈，也只能向其致歉，然後不發一語地轉身離開。

時至今日，當年的事情早已釋懷。長官位處高位，所考慮的事情也就更多；而我對於自己所為也無愧於心，只能說每個人對待事情的看法都各有不同，孰是孰非，實在莫衷一是。

不涉及爆炸、危害物質風險的任務時，我們會使用橙色「普班」野外滅火消防服。

2.16
完美句號

// 機場消防隊 //

2007 年,適逢機場消防隊進行人事調動,急需一名消防總隊目到該局,而由於我此前曾接受與飛機相關的拯救訓練,於是順理成章地被調派至機場分局駐守。由木屋平房到高樓大廈,由建築工地到廢棄回收場,由汪洋大海到深山野嶺,近 30 年的消防生涯中,我進行了各類救援任務。原本以為自己能適應各類環境,沒想到機場分局卻是例外。

該局位於機場的飛機跑道中場,在旁便是航空控制塔,因此飛機每日都不斷在消防局的四周升降。日夜不停的飛機引擎巨響,加上嗆鼻難聞的燃油味,使我在初到該局的首個禮拜一直不得安眠,幾乎連做夢時也夢見飛機,待一段時間後才逐漸適應。

許多人可能以為,機場消防隊只不過負責飛機的意外事故,但事實並非如此。自 1996 年起,香港國際機場便成為全球最繁忙的國際貨運機場,每日都有數以萬計的貨物在機場內流轉。當搬運貨物的車輛在機場內發生交通意外時,我們便需在場救援。又如某些飛機在滑行、起飛或降落的途中,輪胎因摩擦過度或被尖物刺

我童年時代的最大夢想便是乘搭一次飛機，沒想到能在機場消防隊以「壯舉」為我的消防生涯畫上一個完美的句號。

破，而發生過熱與爆破情況時，也需消防員的協助。再如在飛機升降途中，倘若機長懷疑飛機有任何問題，我們便需要立即趕至跑道上預備救援，或駕着消防車從後一邊追趕，一邊檢查正在滑行的飛機。

萬幸的是，在我駐守機場分局的數年間，香港國際機場一直沒有發生嚴重的飛機事故，還多次列入「全球最佳機場」，而這當然並非我的功勞，一切皆歸功於機場管理局的完善管理，以及各政府部門的通力合作。

雖然在該局未曾有過任何深刻的救援任務，但在2011年，適逢香港航空業發展100周年，航空界特意舉辦多項慶祝活動，其中便包括「拉飛機」活動。活動當日，在健力士世界紀錄大全評審現場見證下，我與其他服務於機場的紀律部隊，包括香港警務處、香港消防處、香港海關、入境事務處、政府飛行服務隊，再加上機場保安公司人員，組成約100人隊伍，將約220噸重的波音747飛機，向前拉動100米，最後成功打破「由團隊拉動最重飛機前進100米」的世界紀錄。

想起童年時代的最大夢想便是乘搭一次飛機，未曾想到幾十年後，自己竟然不止乘搭，而是親手拉動一架飛機，人生的際遇可真是妙不可言。4年後，即2015年時，我也正式退休，而此次壯舉也總算為我的消防生涯畫上一個完美的句號。

第三章

火警有分哪幾級？
消防員除了進入火場，
還有甚麼工作？
行內又有甚麼有趣的術語？
......

消防冷知識

3.1
火警分類

自香港開埠以來,幾乎每年都發生各種大大小小的火災。假如各位有留意關於火警的新聞報道,相信一定聽過「三級火警」、「四級火警」等字眼,而這究竟是甚麼意思?以下就為各位解答。

事實上,每一種火災的嚴重程度都各有不同,輕微者如家居煮食意外,嚴重者則能如 1996 年的嘉利大廈火災般,導致死傷慘重。由於各種火警所需的救援人員及物資都有不同,為了改善救援效率,以及更有效地統籌救災行動,消防處於 1964 年實施火警分級制,將火警分為一至五級及更高的「災難級」,共六個級別。

當火警發生時,在場消防指揮人員會根據現場狀況的嚴重程度及影響,對火警進行評級,並調派相應的消防車及裝備到場協組救援。直至火勢撲滅前,火警級別都只會升級而不會有所下調,而消防處亦會不斷動員,直至指揮官下令停止行動為止。

/// 一級火警 ///

當消防處接獲火警報告後,通常會先作一級處理,並根據肇事現場的位置通知附近的消防局。當局內接獲

與火神搏鬥 三十五年消防生涯事件簿

行動訊息後,便會派遣一輛泵車、旋轉台鋼梯車或梯台車、油壓升降台或大型油壓升降台、細搶救車或大搶救車,以及一輛救護車,俗稱「四紅一白」的消防車組趕赴現場。此時會由消防隊長或高級消防隊長負責指揮,20 多名消防員一同執行任務。

二級火警

此火警級別的發出情況較為特殊,通常會根據肇事現場的環境而定。一般而言,特殊情況可大致分為三類,一是人流密集的的地點,例如醫院、酒店、老人院;二是存有大量危險品的地點,例如油站、危險品倉庫、發電站;三是遠離水源的地點,如偏僻郊野及寮屋區。因應不同狀況,消防局可在「四紅一白」車組外,額外再加「一紅」,例如油站發生事故時,可直接派出裝有大量泡液,專門處理油類火警的泡櫃。

三級火警

在火警現場視察過後,假如火勢不受控制,出現蔓延跡象,而且現場冒出大量濃煙及有多人受困時,現場的消防指揮官便會考慮將火警提升至第三級別。此時,消防處會增派大量人手及資源到場,15 至 20 輛消防車,其中包括兩輛油壓升降台、三輛泵車、兩輛小型搶救車／大型搶救車、兩輛旋轉台鋼梯車／梯台車、以及流動指揮車、煙帽車、照明燈車、喉車、特別拯救連

（立即拯救車及大型搶救車）一同出動。在場有逾百位消防員及 5 至 10 條消防喉，現場指揮則改為由高級消防區長和消防區長負責。

/// 四級火警 ///

假如現場情況不斷惡化，火勢不斷加劇，導致更多濃煙散播，受傷人數增加，危及附近居民性命，而火警現場在 5 樓以上，需要增援時，火警便會升至第四級別。屆時，20 至 35 部消防車、100 至 150 名消防員會從各區趕赴現場，同時開動 10 至 25 條喉，現場也改由副消防總長負責指揮。

/// 五級火警 ///

當火勢完全失控，而且迅速蔓延，令受傷人數再度增加時，現場指揮官便可能將火警升至第五級別，要求更多支援。在場情況下，一般最少有 35 輛消防車、150 名消防員及 26 至 50 條消防喉在場，而指揮人員亦改為消防總長。倘若事態發展變得嚴重緊急，民政事務總署便會統籌政府飛行服務隊、醫療輔助隊、社會福利署等各政府部門協助救援。至今，香港曾發生過 44 次五級火警，前文提到的大生工業大廈火災亦屬其中。隨着消防設備的改良及市民的消防意識日漸提高，近年已沒有發生五級火警，最近一次已是 2008 年的旺角嘉禾大廈火災。

災難級警示

　　假如火警已經升至第五級別，但火勢卻已經去到難以撲救，甚至無法撲滅，需等其自然熄滅的話，事件便會提升至最高的「災難級」，其時全香港的消防員會輪流當值及候命出動。同時，災難級警示並不限於火警，若受災範圍廣闊，或一連串事件同時發生，例如飛機墜落民居或人煙稠密的地區，便會立即發出災難級警示。由於消防處可能需要動用全部資源去應付事件，甚至要求軍隊協助，此警報只可由消防處處長發出，或者區長級或以上的消防長官向處長要求發出。

3.2
特別服務

在前文講述的眾多事件中，我曾多次提到「特別服務」一詞，或許有讀者對於「特別服務」的定義頗感疑惑。如今就讓我為各位列舉說明，到底「特別服務」所指何事。

所謂的「特別服務」，即意指一切不涉及火災，而又需要消防員出動的事件，常見且為人熟知的有交通意外、工業事故、山泥傾瀉、樓房倒塌等事件。然而，除了這些較為嚴重的事故以外，亦另有一些特別事件。

/// 1. 意圖跳樓 ///

當接獲有人企圖從高處跳下的事件時，消防處便會派遣一輛油壓車、一輛大或細搶救車、備有氣墊的喉車、備有風扇及供電的燈車，以及救護車到達現場。其後，消防員會確定救生氣墊的擺放位置及開始充氣展開，該救生氣墊只約一分鐘便可展開，充氣後體積可達119立方米，能承接一個成年男子從30米高，即大約10層樓高所墮下的衝擊。除了準備救援工具預防墜樓之外，最好的方法當然是通過傾談，讓事主放棄跳樓的打算。在我過往的經歷中，便曾多次接觸此類事件，而我們一般會先聆聽事主的煩惱，然後再向其分享自己過往

的辛酸經歷，藉此安撫其情緒。其實這類事件中，事主往往希望有一個傾訴的對象，而只要在過程中讓其感受到充分的關懷及真誠，一般事件都會迎刃而解。

2.動物拯救

　　隨着城市不斷發展，許多小動物容易不自覺地身陷險境。除了人命以外，動物的性命也應當珍重，因此消防員不時也會跟警察、漁農自然護理署，或愛護動物協會人員合作，一同搶救受困動物。該類事件例如：有家貓從窗戶跳出而被困於窗台上；狗隻因家居失火而被濃煙嗆傷；幼貓躲進汽車引擎蓋或車底取暖而被卡在車底等。同類事件中，最令我印象深刻且感到惋惜的，便是狗隻中暑事件。近年郊遊成為港人的熱門休閒活動，不少狗主更會帶同愛犬上山，但其實某些狗種特別容易中暑，例如呼吸道較短的鬥牛犬及哈巴犬，或者來自寒帶地區，毛髮厚長的阿拉斯加雪橇犬及哈士奇，都不宜在夏天帶上山。我自己便曾多次親眼目睹狗隻因此而失去性命，故此希望愛護狗隻的人士多加留意。

3.瑣碎小事

　　當市民遇到危難事件，只要致電999求助，我們消防員便會義不容辭地出動救援，而消防處每年處理超過上萬宗特別服務，其中卻有不少是無關痛癢的瑣碎小

事。例如，有市民因忘帶鎖匙而返家不得，於是召喚消防員幫忙「爆門」；戴上戒指後除脫不下；脫衣不慎，皮膚被拉鏈夾着；凡此種種，不勝枚舉。儘管大多數市民並非有意亂召消防，只是出於一時情急或慌亂，但由於消防局的人力及車輛有限，各位求助前還清三思而行，以免影響真正有緊急需要的市民。

3.3
消防術語

　　為了方便溝通，消防員之間有不少行內的消防術語，正如前文曾解釋過的「四紅一白」、「煙帽」、及「大細搶」。然而消防術語又豈止如此？以下便是其他例子。

日常術語	行動
去車	指從消防局內駕駛或乘搭消防車至事故現場，又泛指執行任務及出動救援。
升燈	指火勢加劇及失控時，將火警級別提升。
搣住 / 捵過	指以火災現場的人力及消防工具，盡力壓制火勢，避免火警級別提升。
派工夫	指消防局內指派工作。
燒成	指確認火警現場出現濃煙及烈焰。
TA	指交通意外（Traffic Accident）
度頸	指上吊自縊事件。

日常術語	行動
企跳	指企圖跳樓事件。
漏氣	指不明氣體洩漏事件。
AFA	指 Automatic fire alarm，即火警偵測系統之警鐘被觸發。
拍山草 / 食山草	指山林火警救援行動。
搶水 / 攞水	指泵車從街井處提取水源。
頂更	指當某分區缺乏人手時，其他分局的消防員到該局暫時頂替。
頂出血	指「頂更」時需要執行火災救援任務。
猜贏 / 猜輸	指事故中的肇事者能否倖存，乃避諱直言生死的説法。
老虎仔	指剛從消防學院出班的新入職消防員，通常只負責泵車的工作。
蛙躝 / 蛙人	指消防處潛水人員，負責水底救援任務。
跑狗	指參與年度體能測試（PFA）中的 4,800 米長跑（aerobic run）項目。

車輛術語	消防裝備
Jet	指用以射水滅火的消防喉。
Covering Jet	指第一時間保護或阻止火勢蔓延的消防喉。
霧喉筆	指能射出圓筒形水霧的高壓噴霧喉筆。
兜車	指執行高空的滅火和救援行動的消防升降台。
長臂猿	指司樂高，即專門執行高空的救援行動的消防車。
糯米雞	指當無法使用救生氣墊時，承接高處墜下人士的布帳。
牛腩	指水上救援用的救生浮條。
花生米	指消防船上的救生筏。
豬頭街井	指有三個出水口，如今常見於街上的消防栓。
鵝脛街井	指早期的消防栓，呈條狀並彎曲，形如「鵝頸」。

消防喉筆模型

3.4
新舊消防員之別

　　香港消防處的歷史最早可以追溯至 1868，時至今日已經已經超過 150 年，亦即一個半世紀。這些年間，香港歷盡時代變遷，而消防行內也不斷與時並進，作出各種變更。且不說更早以前的年代，就單單以我在消防處工作的 30 餘年間為例，新舊時代的消防員便大有不同。

　　先是工作環境與救援性質，舊時代的香港較多以鐵皮及木板搭建而成的寮屋，由於建築簡陋及缺乏消防裝置，加上當時普遍市民的消防意識低下，導致寮屋區的火災頻頻而生。另外，八十年代香港的製造業興盛，工廠大廈於各地林立，內裏便設有各式各樣的工業製造廠房，每日運作繁忙。由於這些工業大廈存放着極多易燃品，而消防條例亦不如現今完善及嚴格，導致工業區不時便發生火災，當中更包括數宗五級大火，先前所提的大生工業大廈火災便是一例。

　　時至今日，房屋政策有所改善，香港的寮屋已經日漸稀少，而隨着工業北移，不少工廠大廈早已人去樓空。如今該兩區的火警已不復多見，為防患於未然，消防處亦漸漸將重心轉移至防火工作。然而，新時代的消

與火神搏鬥 三十五年消防生涯事件簿

防員同樣面對全新的挑戰。例如由於香港人口密集，而土地價格昂貴，「劏房」便應時而生。這些「劏房」大多位於缺乏消防設備的舊式唐樓內，加上經過隔間上的改動，存有不少消防安全隱患。近年便出現不少劏房火警，導致多人死傷。

除此之外，雖説不少工業執照廠房已經遷走，但後患猶在。皆因如今「迷你倉」概念興起，不少空置的工廈單位均被租借成為倉庫，供人存放物品。這些迷你倉將一個單位分割成數十個房間，每個房間存放不同的物品。由於難以得知其中存放何物，加上沒有該地指定的平面圖則，一旦發生火警時，消防員進內救火時的危險性便大大增加。2016 年，焚燒歷時 108 小時，導致兩名消防員殉職，及 12 名消防員受傷的淘大工業村迷你倉大火，便是最明顯的例子。

/// 消防裝備的不同 ///

因應新舊時代火警種類的不同，消防員的裝備亦有所改變。以往消防員都配有一條長 6 米的個人救生繩，以及一把專屬的小型消防斧。這把斧頭會隨身繫在腰間的皮帶上，平日需要自行保養及打磨，行動時則可用以破窗、開鎖或伐木。另外，往日的消防頭盔主要的主要物料為水松，前方沒有面罩，後方沒有耐火纖維布保護，雖然輕盈但保護及抗火能力相對較差。消防制服

121

雖然現今的消防員沒有個人專屬的救生繩及消防斧，
但取而代之的卻是更先進的高科技產品。

上，以往的事故現場制服是一件有着「工」字圖案的膠
底斜布衣。雖然美其名曰「保護服」，但其實耐火度極
其有限，每次進入火場時，我都是靠灑水而保護自己免
受高溫灼燒。

　　現今，消防處已經購入俗稱「黃金戰衣」的新型滅
火防護服，可在 8 秒內抵禦攝氏 1,000 度火焰燃燒，裏
襯有抗火纖維，阻止水分進入衣物。頭盔方面，新型頭
盔具備防撞擊及防刺破功能，內裏亦有抗火纖維，能包
裹住耳朵及後枕底部，前方更配有面罩。雖然現今的消
防員沒有個人專屬的救生繩及消防斧，但取而代之的卻
是更先進的高科技產品，例如熱能探測器，能在煙霧、

與火神搏鬥 三十五年消防生涯事件簿

黑暗及能見度低的情況下準確找尋傷者位置、火源及任何潛在的熾熱地點,大大提升了救援效率及消防員的安全性。

/// 新與舊的體能測試 ///

至於體能方面,消防員每年均需要參加年度體能測試(PFA),其中包括手力測試(strength test)及 4,800 米長跑(aerobic run),手力測試的項目包括掌上壓、引體上升、原地跳高、屈臂伸展及斜板摺腹等。以往的消防員都需要在一日內完成所有項目,而現今的消防員可以分為兩次進行,即先完成手力測試,擇日再進行 4,800 米長跑,這項改動也導致後來有些老一輩消防員,認為新一代消防員的體能大不如前。

事實上,消防員除了要有強勁的體魄以外,最重要的還是不畏危險,敢於犧牲的英勇精神,為市民及社會作出貢獻。儘管時代再如何變遷,我相信這都是恆久不變的鐵律,也是舊時代到新世紀的消防員所一脈相承的共同點。

第四章

日日打排球

「返一放二」的「筍工」

對消防員的刻板印象或種種疑問

在這裏，你問我答

消防迷思 Q&A

4.1
日日打排球？
消防員的工作日常

「消防員唔使救火就好得閒，日日喺消防局打排球。」——相信這是除了救火救災以外，許多人對於消防員的刻板印象，但這完全是個美麗的誤會。在此，我想為所有的消防員澄清，消防員日常的工作絕非如此。

事實上，消防局內每日皆有指定的行程編制，以下便是消防員的工作日常。

9:00am-9:30am	接更及檢查工具
10:00am - 11:00am	進行局內指定的消防訓練
11:00am - 11:30am	休息
11:30am - 12:45pm	裝備維修保養 / 出外巡查
12:45pm - 1:55pm	午餐
1:55pm - 3:15pm	處理文書工作 / 出外巡查
3:15pm - 3:30pm	小休時間
3:30pm - 4:30pm	裝備維修及車輛保養
4:30pm - 6:00pm	體能訓練

6:00pm - 7:30pm	晚餐
7:30pm - 9:00pm	講堂時間
9:00pm - 10:45pm	裝備維修及車輛保養
10:45pm - 6:55am	休息時間
6:55am - 9:00am	集隊 / 日常清潔 / 檢查工具 / 等待下一隊接更

何謂「檢查工具」？

　　為確保救援工具沒有任何破損或遺失的情況，消防員會對每輛消防車上的每件工具進行檢查。其時，一名同事會手持工具紀錄表，站在車尾大聲讀出每一件工具的名稱，其餘同事則在消防車的兩旁一邊檢查一邊呼應，無論缺漏或多出工具，都必須即時呈報。

何謂「指定的消防訓練」？

　　訓練內容由局內的分隊主管決定，大多為模擬事故現場的拯救行動，例如火警救援、交通意外救援、樓宇倒塌、企圖跳樓事件等，期間完全依照真實事故發生時的安排及流程。

// 何謂「出外巡查」？ //

消防員在消防局附近巡查，偵察潛在的危險狀況，例如建築地盤、街井及樓宇內的通道。

// 何謂「體能訓練」？ //

為確保消防員有足夠的體能訓練，消防員能在期間自由選擇運動，例如跑步及健身，有時候也會有專業的體育教練前來授課。

// 為何總是「打排球」？ //

其實打排球算是消防局內的一種傳統，主要原因是打排球屬於團體遊戲，能供眾多當值同事參與，藉此訓練團隊精神。另外，比起足球和籃球，排球的場地限制較少，而且身體接觸最少，令消防員較少機會受傷。

// 何謂「講堂時間」？ //

假如政府有特別通知，或消防總部有最新指引或資訊，都會以講堂形式向消防員進行講解。

為何總是「裝備維修保養」？

　　為確保消防裝備在事故現場有效及正常運作,消防員需要對每一項工具進行例行的檢查及保養。然而消防局內的裝備多不勝數,消防員往往難以於短時間內完成,再加上假如有突發情況時,消防員立即外出執勤,未必能在該時段完成工作,因此一日內要安排多個時段進行保養。

何謂「休息時間」？

　　消防員當值時間為 24 小時,期間也需要時間稍作休息以補充體力,然而按照規定,事故發生時消防員要在 1 分鐘內出動,因此即使休息期間仍需隨時候命出動,不可徹底熟睡。

4.2
返一放二好佗佻？
消防員的上班編制

　　或許有人會以為消防員能夠「返一放二」是一份「筍工」，但事實是否如此？假設一般人每日工作 8 小時，餘下的 16 小時便是休息時間。同樣地，消防員每次工作 24 小時，為一般人每日工時的 3 倍，那麼我們的休息時間也自然是一般人的三倍，即 48 小時。換算下來，其實我們的工作時數與香港大部分上班族沒有太大差異，只是因為工作性質特殊，需要長時間待命出勤，才會有如此安排。然而，你可知道這種上班編制，原來全賴上一代消防人員幾經辛苦，才成功爭取得來的嗎？

　　話說在我初入職消防時，消防處仍維持 24/24，即「返一放一」的上班編制。其時每間消防局只有 AB 兩隊人員輪更，而每更需要工作 24 小時，每月只有兩日休假。同一時期，不少政府部門與紀律部隊每週只需工作 45 至 48 小時。相比之下，消防人員每週需工作長達 60 小時，待遇極不平等。再加上消防工作需要耗費大量體能及精神，如此的上班編制導致消防員的休息時間嚴重不足。

在此情況下，消防工會曾先後多次向政府提出減低工作時數的訴求，然而卻一直沒有得到回應。終於在 1990 年，香港發生一宗大型消防罷工事件。為爭取平等工時待遇，當時的消防工會主席、副主席、理事及一眾消防員，去到位於中環下亞厘畢道的布政司署，亦即如今的律政中心，門外靜坐及絕食，要求將消防員每週的工作時數改為 48 小時。同一時間，25 間消防局及 6 架消防船停止服務，令全港的消防工作陷入半癱瘓狀態，最終迫使政府正面訴求，答應減少消防員的工作時數。

值得一提的是，在其後的一、兩年間，政府部門、公務員事務局與消防處曾試行各種上班編制。當時曾經試行一種「12/12」的上班編制，即每日工作 12 小時，並日夜交替，結果發現這種方式最為浪費資源，包括伙食、電力、人力等，結果不了了之。最終終於調整成如今分為 ABC 三隊輪流替更，每更工作 24 小時，每週工作 54 小時的上班編制。

時至今日，昔年消防前輩所爭取的每週 48 工時尚未能實現。儘管消防員每週的工作時數在 2016 年被再度調整為 51 小時，但仍屬所有紀律部隊中最長時間的。

4.3
消防疑問逐個解

問：有近視可以成為消防員嗎？

答：火場環境惡劣，濃煙密佈，視野模糊，即使視力正常在內也難以行走。另外，由於眼鏡會妨礙配戴呼吸器面罩，而隱形眼鏡在受熱後亦會有機會溶化，因此有視力問題的人士不宜成為消防員。唯一的解決方法，便是進行激光矯視手術，一勞永逸。

問：消防員行動時有甚麼權力？

答：當事故發生時，消防車有權在安全的情況下，作出例如衝紅燈、超速、逆線行駛、快速切線等等違反交通條例的行為，以助迅速抵達事故現場進行救援。同時根據法例，道路上的司機亦必須讓路予行動中的消防車，否則即屬違法。不過，若因為違反交通規例而發生「意外」，則需要當值司機負擔起法律責任。另外，當確認現場有火警發生，而又缺乏水源或消防栓時，消防員有權徵用附近的泳池、水池或池塘，以泵水進行灌救。

與火神搏鬥 三十五年消防生涯事件簿

問：為何有綠色的消防局？

答：一般而言，為顯示危險及警戒訊息，消防局都以搶眼的火紅色作為主要色調。然而，由於近年環保概念興起，某些消防局為配合附近建築的環保主題，便將外牆及大門塗以綠色，例如竹篙灣消防局、馬灣消防局、深井消防局。

問：消防局有專門的「煙帽隊」？

答：其實消防局內並無所謂的「煙帽隊」，正確名稱應為「呼吸器分隊」，而該隊並非專隊編制，每名消防員均同樣接受過呼吸器訓練；因此當參與緊急事故發生，所有人皆有機會獲指派成為呼吸器分隊隊員。

問：消防局有專門的「蛙人」？

答：消防處設有專門負責水下救援行動的潛水隊，投考者最少要有三年消防員經驗，並通過游泳及潛水測試，再經過一系列的專業訓練，才可正式成為消防潛水員。消防潛水員除了需要出動一般的遇溺救援外，更需要潛入污水、化糞池、水流湍急或能見度低的地方，因此遴選過程特別嚴格。

問：消防行內有甚麼傳統？

答： 當每一位新入職消防員出班，或是在職消防員調往新的消防局，該局都會進行「拜喉架」和「拜關帝」儀式。所謂的「喉架」是消防局內晾曬消防喉和日常訓練的地方，亦象徵着該間消防局。無論是「拜喉架」或「拜關帝」，都只是一般的拜神儀式，大致是將燒肉、米酒和元寶蠟燭等祭祀用品放在「喉架」或關帝像前進行祭祀，祈求消防員出入平安、消防局風調雨順。另外按照傳統，新入職消防員為慶祝出班，會自掏腰包為晚餐「加餸」，招呼即將一同共事的消防員。當然，這項傳統並非強制性，只是在我以往的經驗間，從未見過有人拒絕，即使是外籍消防長官亦曾遵循此禮，只能說這項傳統算是一種消防行內的禮節吧！

問：消防員是否可以駕駛所有消防車？

答： 消防員如需駕駛消防車，除了需要先取得消防車駕駛執照外，更需要依照消防車的類別，參與相應的課程並通過考核。消防車一般分為兩類，一類是輕型消防車，例如細搶救車及小型裝備車；另一類是重型消防車，例如泵車及拯救車。至於一些較為特殊的消防車，則需額外再上相關的課程，學習車上器械的操作方式才可駕駛，例如旋轉台鋼梯車及油壓升降台。

問：消防員假如因公殉職，會有何待遇？

答：假如有消防員不幸因公殉職，政府會以最高榮譽儀式為其舉辦葬禮。特區行政長官、保安局局長、消防處長，以及多名司級及局長級官員會到靈堂致祭。

出殯當日，殉職消防員的靈柩會蓋上特區區旗，其後再移至身故現場進行路祭。之後再移師至殉職消防員生前駐守的消防局，進行告別儀式。多名消防同僚會局外肅立，向其作最後的致敬。隨着消防局響起「三短一長」的鐘聲，表示殉職消防員已經正式下班，靈車亦會在警察銀樂隊的哀樂中駛離消防局，前往和合石浩園。

抵達浩園後，消防處長將殉職消防員靈柩上特區區旗交予其家人，並由其家人按下電掣，將靈柩和殉職消防員配戴的消防帽一同入土。

後記

退休後的「毅行先生」

後記
退休後的「毅行先生」

「毋須着意求佳境，自有奇逢應早春」，人生路上許多事情不需刻意強求，冥冥中自有定數。年輕時我誤打誤撞成為消防員，成為消防員後我又在因緣際會下認識了「毅行者」這項賽事。

在 1998 至 2000 年間，我連續 3 年奪得毅行者全場總冠軍，被稱為「毅行先生」，從此開展了我的毅行之路。自此，我便先後前往世界各地包括澳州悉尼、紐西蘭、日本、撒哈拉沙漠、美國科羅拉多、蒙古等，參與各項越野賽事並取得多個獎項。與此同時，由於在消防生涯中見證不少高山意外，我決定嘗試將自己以往的救援及比賽經驗，分享給山界的越野同好，希望盡量減少山野意外的發生，同時提升港人的越野水平。

所謂得道多助，我的理念後來漸漸得到更多人的認同，於是「毅行教室」便在一眾同路人的推動下，於 2010 年正式成立，免費開班教導及培訓毅行者跑手。除了改善人們的越野技巧、防止及減少受傷的機會外，更希望他們能夠享受跑步的樂趣。這些年間，毅行教室所培育出來的學生越來越多，經訓練後完成 100 公里樂

施毅行者的人數累計已超過 1,000 人，於山野間、越野界遍地開花，其中的滿足感實在難以言喻。近年，毅行教室更與宗教團體、社區中心及學界合作，致力將越野運動推廣至不同年齡層，務求令小朋友或長者在過程中強身健體，並感受自然之美。

除此以外，其實自我經歷過世界各地的越野賽事之後，便一直希望在香港設計一條，能與海外賽事媲美的越野賽道，以幫助香港越野選手預先適應海外賽事。在我苦心策劃多年後，香港黃金百里賽事終於在 2019 年正式成立，賽事總距離及爬升高度與世界頂級野跑賽事 UTMB 相當，為求參加者能從中加以磨練。而此賽事也將發展為慈善賽事，以鼓勵更多人參與慈善公益。

時至今日，我已年屆 60，對於自己的晚年有三大目標：一、70 歲時仍能在 18 小時之內完成毅行者；二、80 歲仍能在大會指定時間內完成馬拉松；三、自己創辦的毅行教室能夠後繼有人，接手管理，將我的理念世世代代傳承下去，這亦是我最大的願望。

作者
陳國強

筆錄
莊愷昕

責任編輯
吳煥燊

裝幀設計
羅美齡

排版
辛紅梅

插畫
舒小小

出版者
萬里機構出版有限公司
香港北角英皇道 499 號北角工業大廈 20 樓
電話：2564 7511　　傳真：2565 5539
電郵：info@wanlibk.com
網址：http://www.wanlibk.com
　　　http://www.facebook.com/wanlibk

發行者
香港聯合書刊物流有限公司
香港荃灣德士古道 220-248 號荃灣工業中心 16 樓
電話：2150 2100　　傳真：2407 3062
電郵：info@suplogistics.com.hk
網址：http://www.suplogistics.com.hk

承印者
美雅印刷製本有限公司
香港觀塘榮業街 6 號海濱工業大廈 4 樓 A 室

出版日期
二○二一年十一月第一次印刷

規格
特 32 開（210 mm × 142 mm）